dormit

dormit

l. Ward

Títol original: *dormido*

Primera edició en català: octubre 2021

Passatge Bocabella, 11, 08013, Barcelona

És aquesta una obra de ficció, de manera que tot nom, personatge, lloc i situació descrita és fictici. Eventuals semblances amb la realitat han de considerar-se una feliç o infeliç coincidència.

ISBN: 979-84-412-4562-3

Editat a Catalunya

Desperta del somni,

o segueix dormit.

27.

Somni. Morir congelat ha de ser una manera molt dolça d'acabar. Dorms. Lentament t'adorms i penetres en un altre món. En l'endemig no vols sortir encara que t'ofereixin ajuda. Potser tot és una romàntica proclama de la terrible experiència de qui perd la seva vida per congelació, amb defuig del dolor que produeix el fred. Basta recordar quan un nen sofreix un cop, sobretot al cap o en la cara, i li apliquem gel per a evitar la inflamació que en part adorm la zona colpejada; a penes en uns pocs minuts, si arriben, reclama apartar-ho de si perquè li fa mal. Jo no recordo això del gel sobre els cops, de nen no. En qualsevol cas el simpàtic i curiós gos que vaig atrapar no va morir congelat; sí que degué passar molt de fred durant hores, xop i tremolant, amb els seus gemecs esmorteïts entre aquells foscos i murs subterranis amb floridura, testimoniatges impassibles del seu horror.

A vegades m'és impossible agafar el son, i sense saber per què, però en general dormo sense inconvenients quan decideixo anar-me'n al llit. Clar que sempre ha resultat molt més agradable deixar-me vèncer i rendir la meva vigília recolzat en un sofà, sota un estat de creixent somnolència, o fins i tot en la meva butaca de l'estudi, amb un endormiscament propiciat pel que fora; singularment cap a l'inici de la tarda, després d'haver menjat.

Ahir mateix, avançat l'horitzó previ al crepuscle, va ocórrer una cosa semblant, si bé ja no ha estat igual. Des que vaig estar en aquesta foscor la rememoració és constant. No puc evitar-ho. M'atrapa sentir la indefensió de l'animal, la seva falta d'escapatòria. Em molesta l'assumpció per la seva part d'una rendició total, encara que ho sigui gairebé al final. Cal que, fins a l'últim moment, es rebel□li contra l'imminent dolor que perfectament sap se li produirà, i sobretot que intueixi en percepció canina, pròpia dels animals irracionals on no preval una autèntica concepció del futur, que el perill s'encebarà en ell. No almenys com pogués ocórrer amb l'ésser humà, en relació amb la mort, però sí per a activar fins als topalls els seus mecanismes de supervivència.

Proporciona una gaubança immensa, al punt d'un estrany èxtasi. Com si el meu cervell fos impregnat d'alguna substància hipnòtica, permeable al pànic aliè. Per què no puc evitar-lo? Puc i no vull?

Si el meu cos i la meva ment se sotmeten a la pròpia naturalesa humana que em ve donada, haig de considerar-me culpable d'alguna cosa? És possible assumir criteris ètics construïts per la filosofia moral que res tenen a veure amb el fur intern de cadascun de nosaltres? L'autèntica ètica és vivència, actualitat humana individual davant cada cas concret. Potser manco de l'ètica dels altres. Potser és aquest i no un altre el motiu del meu odi constant cap a tot aquell que m'envolta, bé que ho conegui, bé que li vegi creuar-se'm casualment pel carrer, en l'autobús o durant el treball. Curiós que no sempre ha estat així, ni és continuat en l'hora present, perquè a vegades sento pau i alegria en els altres només de veure'ls un moment. Es tracta d'autèntiques ganes de compartir i de donar, un contrast visceral amb l'aversió a la més mínima característica insofrible en l'altre, real o imaginària. Aquestes sensacions negatives també acaben resultant patiment propi, que es converteix en una veritable fúria que sovint ha aconseguit nivells d'explosió absolutament irracionals. En la immensa majoria de supòsits controlo aquesta ira, igual que domino la realitat que m'envolta.

Poder determinar allò que està bé i malament conforma objectiu nuclear de la conducta ètica, són els dos valors característics d'aquesta disciplina tan connectada amb la filosofia. Naturalment que tot això constitueix perspectiva humana, intrínsecament pròpia de l'ésser viu racional, inexistent anés d'aquest, de la seva humanitat i de la Humanitat. Per a la meva pobra víctima canina el seu sofriment i mort no van ser maldat ni bondat perquè aquestes només existeixen des del punt de vista de la persona humana, on la imminència i l'aplicació de la matèria creada al present participa d'una aproximació aristotèlica connectada amb el socràtic i no amb els enllaços de transcendència platònics. Estem a una ètica racionalista que supera l'absorció conceptual de Déu i el desenvolupament de l'escolàstica sota la brillantor intel·lectiva de Sant Tomàs. És l'aquí i ara vinculat inevitablement amb l'Home en el present, la sagnant actualitat i les conseqüències dels actes i les omissions, les conductes i les paraules amb o sense fets repercutint en uns altres i en el nostre propi entorn. No hi ha res objectiu, propi de la matèria, situat en la naturalesa de les coses, perquè tota ètica és únicament humana i, sense nosaltres, mai hauria arribat a existir.

En aquest tancat marc es ventilen les pulsions sota la repressió freudiana, la qual cosa em sembla molt més significatiu que el desenvolupament hagut amb la tecno-ciència posterior. Però sigui com fora, per a aquest gos mort no va haver-hi ètica, ni va haver-hi bé ni va haver-hi malament. Solament els qui poguessin saber d'ell i el seu destí manifest podrien fer valoracions i judicis ètics, i els meus, sota l'estàndard social actual i en aquest minut, certament que serien negatius, dolents, pervertits. D'assegurança que no mostrarien la bondat de la conducta humana tal com és generalment entesa. Per moltes voltes que vulgui donar-li no trobaré justificació ètica per a la meva conducta, importa poc com pretengui disfressar el fet o lligar-ho a impulsos incontrolats. No es tracta que falti la comprensió de l'injust del fet o de no poder orientar la meva conducta cap a aquesta comprensió per absència dels frens inhibitoris que siguin precisos. I en aquest moment no pot sinó arrabassar-me la necessitat de penitència, de millorar, de desfer el mal fet a través de les bones obres. Però clar, cap bona obra queda sense càstig. Sobretot en el món inconscient dels somnis.

Si més no la supressió de l'Això evita el plaent que sempre acaba resultant vèncer-se al cansament i acomiadar-se del Jo. Dormir d'aquesta manera és per a mi l'autèntic i volgut somni. L'inici del tràngol és el més desitjable, i també aquest mig despertar on decidim continuar dormint, reprenent el fil d'algun somni o recol·locant-se en la posició més còmoda que es trobi. Mantenir-se adormit resulta, òbviament, aliè al plaer conscient, i només després, rememorant un somni, pogués obtenir-se algun valor.

28.

Aquella nit va ser intensa tant física com emocionalment, i ja avançava la matinada vaig arribar a casa preparant en la meva ment, fins i tot implícitament, qualsevol excusa per si pogués necessitar-la durant aquest camí o en arribar. Vaig caure adormit volent oblidar el que acabava d'ocórrer. Això és molt rar perquè des de fora, impertorbable en el silenci nocturn del retorn, no podia fugir d'imatges i sons tan aterridors que fins i tot semblaven inconcebibles en la meva pròpia vida. Era com implorar un reset total, anul·latori de la memòria recentment formada, desig per a res nou en mi, encara que per altres raons. Pensava que no aclucaria l'ull durant llarg temps, acuitat per tota aquesta informació anormal, tan intensa, tan brutal. No obstant això no va anar així. Amb el temps em va semblar un mecanisme de defensa que va resultar fugisser en despuntar la llum del dia. I vaig somiar.

Acudia a una casa vella de sostres molt alts. Semblava un magatzem reconvertit en no se sap què, i estava habitat per una única persona. La seva imatge era la d'un nen, però fora de la seva pròpia projecció es tractava d'un adult que no havia crescut, de fet un ancià. Jo el sentia com el meu propi fill, veient-lo molts anys després de la meva mort. Tenia diverses visites als qui els ensenyava coses. Eren persones de les quals no se sabia molt bé per què anaven arribant a aquest lloc. La primera imatge era la d'una gran prestatgeria, construïda fins al més elevat, d'enormes fons, plens tots d'artefactes i andròmines d'allò més divers. Llavors el seu habitant es dirigia a algun dels visitants i, prenent un objecte mig trencat de la seva infància, retirat amb cura d'algun dels molts prestatges que poblaven el total espai obert del que ja semblava un hangar llardós, el mostrava explicant amb afecte el que era. El seu rostre de nen jovial i saludable s'il□luminava amb una àmplia i sincer somriure mentre detallava l'origen de la cosa que sostenia en les seves petites mans. La informació més important radicava en una emocionant història de la seva pròpia infantesa. Conservant-la amb si mantenia una autèntica lluentor en els ulls amb l'alegria del seu simple record. Mancava de present, menys de futur, vivint eternament en el feliç passat dels seus primers anys de vida. Per això la imatge que projectava des del més íntim del seu ser es mantenia infant, enclavada sense sortida en aquest meravellós passat. Però veient-ho jo des de la posició de l'espectador anònim, aliè fins i tot als convidats perquè no era un d'ells, em vaig sentir profundament trist. Percebia sense gènere de dubtes de quina manera aferrar-se a aquest temps anterior li havia robat tot, despullant-lo de la realitat de si mateix, eliminant el contacte amb el present real i recloent-lo en un infern de coses que mancaven de sentit per als altres, fins i tot de funcionalitat intrínseca pel menyscapte sofert a causa del transcórrer. El temps abandonat. El protagonista no el notava, ni s'adonava, encara que sí que ho faria qualsevol persona que el veiés des de fora, enfront d'un individu en realitat ancià que no podia advertir que ho era. Per dins seguia com un nen, el que va ser feliç amb tots aquells estris gloriosos en el seu moment, útils i divertits, ara relíquies inservibles i ruïnoses per obra del despietat esdevenir, per infranquejable i per implacable.

Una profunda melancolia envaïa tot la meva ser. Volia salvar-ho. Tornar al través dels anys al moment en què aquesta persona va renunciar a viure i va començar a emmagatzemar joguines destrossades, peces rosegades, aparells espatllats i papers, fullets i publicitat de tota índole que li mantenien transportat dècades enrere. En absolut importava que ell no s'adonés. Si més no pensava en un perquè en la causa que tal cosa hagués estat així De sobte jo era el seu pare ja difunt, ell el meu fill malgastat. I sense saber la raó de la tragèdia, perquè en el fons no importava, em vaig sentir culpable, nostàlgic, inconsolable. Vaig despertar.

Em resulta bastant difícil desprendre'm de les coses, per la qual cosa recopilo i emmagatzemo tota sort de fòtils que molt probablement mai utilitzaré o si més no tornaré a veure o tocar. Però aquí estan, els tinc. Són meus. Potser em vaig somiar a mi mateix en una bestreta del que m'ocorreria.

En arribar tan tard a casa no vaig voler fer soroll baixant la persiana del finestral que dona llum exterior al dormitori, pels veïns del costat, les parets són de cartó. Per això van alertar el meu cervell els primers raigs de l'alba, fins i tot tènues gràcies al seu impacte indirecte sumat a més als tallafocs que conformen aquests edificis parapetats en la seva baixa perspectiva envers la façana del meu pis orientat al sud-oest. Semblava com si s'hagués suprimit qualsevol escletxa de cansament, ressorgint amb enorme potència la vivència radical haguda a penes tres hores abans.

Vaig rescatar de la memòria quan tornava de petit a casa després d'una excursió del col□legi, sobretot als onze o dotze anys. Després de viatjar d'anada i volta a un lloc en el camp on no paràvem de córrer, aconseguia el llit de la meva habitació i acollit en la càlida olor de la llar, rendit per complet dormia sense remei, no poques vegades oblidant el sopar. I en aquest moment dels meus records infantils va començar la repetició en la meva ment. Una vegada i una altra, una vegada i una altra, sense parar, en manera lineal la primera ocasió, selectivament després, però sempre amb imatges i sons imparables, rompents, incansables. I la culpa creixia, sense suborn possible, com a aigua corrent entre dits sense força i penetrant per esquerdes insospitades, portant-me a idear la constricció i la penitència, com és natural sense possible efecte algun sobre la meva última víctima. Fins i tot vaig arribar a pensar a inscriure'm com a voluntari en alguna gossera per a ocupar-me de les mascotes abandonades, cuidar-les, alimentar-les amb afecte, acariciar-les en la seva solitud i procurar-los el major benestar que fos possible. Lamentable que vaig imaginar igualment, de seguit, sol·licitar el per als altres, suposo, molt desagradable comesa de posar fi a la vida d'aquells animalons que no trobessin adopció en el temps convingut, si és que no era jo mateix l'adoptant dels qui així em devien la vida que podria prendre-la més endavant quan volgués. I això que matar, quant al primer, posar fi a la vida ràpida i fugaçment, a penes satisfà la meva inquietud real, aquesta necessitat impenetrable, sense causa ni trauma subjacent, de controlar, del poder de generar la submissió del sofriment.

Aquest escenari sí que podria desenvolupar-se a gust i disgust amb un ca adoptat. Amb un darrere l'altre. Vaig ordenar a la meva ment detenir en sec aquesta línia de corromput pensament, nascut d'un postulat penitent en la societat allunyat el més al meu punt d'arribada. I de nou va aflorar recapacitar sobre la inevitabilitat, en les necessitats de la meva pròpia naturalesa. No es tractava d'un capritx.

29.

Si hi ha un Déu haurà estat Ell qui em fes així. Per què, llavors, sota el lliure albir, em va assignar un anhel de plaer que al mateix temps del seu naixement, com el valor del bé contra el mal de la filosofia religiosa, haig de sufocar, reprimir, eliminar i, amb això, sofrir la meva negació en una vida de desplaer, en un camí vital sense possible recorregut, estàtic en la frustració més absoluta, sense objectiu. Del no-res al no-res. Per a alguns néixer per res, viure per res i morir per res.

Tot seria molt diferent de comptar amb una vida en el més enllà. Perquè importa la transcendència mortal, on l'existència humana a penes mostra l'efímer pròleg de l'eternitat. Encara que per als humans es tracti d'una eternitat cap endavant, lineal, perquè abans de néixer no existíem, no érem eterns, no estàvem ni en el no-res. Pensant-ho bé, el que succeeix es va, desapareix, no és acumulatiu, s'acaba com el temps que es disgrega en pèrdua, que s'esvaeix en l'abandó. Apareix l'entropia, com a segona llei de la termodinàmica, perdent l'energia encara que murem abans de la fi de l'univers.

En la memòria queda el viscut, com quan una escena de la vida es grava en vídeo, o en una pista d'àudio. La diferència consisteix en el fet que la memòria o l'enregistrament es perden o solament "existeixen" si s'utilitza la tecnologia d'un reproductor amb el qual la suposada rememoració, sense embuts similar a l'evocable en funció de la memòria no perduda, torna a succeir en el present. I de totes maneres, quan fluïm, quan estem concentrats, en el terror o en la felicitat, el temps no passa o passa sense adonarnos, sense que pugui considerar-se que siguem habitants del passat. Ni tragèdia ni melancolia. Estem en el present, recordant o no, sempre en l'ara. En el present es recorda o en el present ens il□lusionem amb l'esdevenir o patim l'ansietat o el temor.

El còmput del temps, pel casual de les regularitats de la naturalesa física, és com el rellotge, un mecanisme de mesurament, d'ordre. És ordena-ment. Encara que la pròpia paraula invoca la mentida, és en veritat una ordenació del temps productiu. Quan et regalen un rellotge és com si et regalessin un control per a la teva vida, perquè et sotmetis a ell, com en el conte de Cortázar, on es recorda que tot té el seu temps, paraula de Déu.

Jo no porto rellotge encara que tinc varis de polsera. De totes maneres el temps sol controlar la meva vida, com a gairebé qualsevol, en un marc de segons, minuts i hores, una delimitació de dies, mesos i anys. Per a cada cosa.

Els que saben o creuen saber diuen que entendre el temps que vius denota una mirada contemporània, però com fer-ho si estàs dins del temps? El temps que un mateix mira i estructura o disposa. Caldria sortir de dins per a veure qui maneja, què hi ha darrere o quin oculta el que il·lumina, en tant la llum és la creadora d'ombres en la pròpia dimensió temporal. La visió autèntica ha de veure el que no es veu, res d'aquestes llums i ombres a l'interior sinó el que fos que estigui fora, no en el marge, que tampoc diu res del món. Perquè, si estàs dins ets connivent, travessat per un sentit que no qüestiona, incomprensible precisament perquè es troba en aquest interior.

L'eternitat no és, sense embuts, intrínseca al temps, ni una determinada idea de l'infinit pròpia del lineal, allò que ve de sempre i que és per sempre. En l'univers no és el riu d'Heràclit on tot neix i mor al nostre al voltant, fins i tot les estrelles que acaben per desaparèixer abans que en el firmament el faci la seva despresa llum. No, l'eternitat més sembla ser allò que es troba fora del temps. Clar que també estan els que postulen l'etern com a repetició indefinida, la pesada càrrega de l'aforisme 341 en La Gaia Ciència: el retorn sense fi en un esquema circular des de dins, com en el dia de la marmota, que mostra com realitzar-se és salvar-se, i per a això, en el perfil religiós habitual, tenim el temps. Certament que en el dogma diví es tracti de reparar un error aliè, el d'Adán i Eva, propiciador del pecat original del qual per llinatge som responsables. I quan la religió perd importància i se secularitza, la cultura resta aquest motlle o matriu, superant la vida com a suma de moments fins al temps lineal com a base del propòsit, així el temps productiu i finalista, buscant un sentit, la matriu teològica que subjeu. La resta. Més que rar que en la curta existència de carn i sang solucionem tan original pecat i d'aquesta manera puguem obtenir la salvació que reporta una eternitat paradisíaca, sigui de temps lineal o fora del temps. En aquest context la repetició sense fi només funcionaria com a broma, fora de perill naturalment que el cercle s'interrompi quan després d'eons de retorns una vida mostri la realització perfecta, mereixedora de la salvació i la ruptura del cicle.

De fet, si les conductes i fins i tot els pensaments orientessin aquest esdevenir transcendent ens sotmetríem a l'escrutini exterior que repercutiria en el control dels nostres actes i omissions sense importar gens ni mica un cúmul de propis desitjos que procedeixen de molt profund o assumint el risc de reconèixer-los i seguir-los sense importar cap després. Però negar-se a un mateix i, amb això, eliminar el gaudi dels sentits o la satisfacció interior que pot obtenir-se de qualsevol aliment estrictament terrenal, per respecte a un codi ètic que potser només pot beneficiar als altres mortals, es ve de gust insuficient quan aquest "només" res significa. Menys que res si aquests altres, els altres, resulten contraforts indiferents per a un mateix, o una vegada mínimament coneguts es constaten odiosos sense remei. Incontestable que a vegades sobrevoli aquesta mirada omniscient com a hipòtesi en la sendera de la salvació religiosa, però no és l'autèntica raó de la culpa ni del Bé per sobre del Mal, per molt que limiti el seu reflex en la naturalesa del no humà, paradoxalment quan és la humana l'única característica que pot reconèixer-se entre si baix claus ètiques construïdes per les persones, fins i tot venudes com a instruccions divines revelades d'una manera tan secreta, tan limitat. L'omnipotència podria haver-lo fet en forma tan generalitzada i immediata que a penes hagués permès el dubte, és cert, però no és així pel que sembla.

30.

Vaig decidir sortir a fer un volt i no vaig poder evitar tornar sobre els meus passos fins al punt homicida. En la superfície del món les gents i els seus instruments seguien el seu curs ignorant deliberadament el que podia haver ocorregut en el subsol. I la naturalesa tota també prosseguia la seva marxa, impassible, en contra de l'entropia.

A penes hi havia individus al carrer, pel primerenc de l'hora, tot i que circulaven sense parar els vehicles dels qui se suposa ja acudien responsables als seus llocs de treball. Aquest dia podia jo evitar-lo i amb gust el vaig evitar. De totes maneres vaig decidir tornar per a desdejunar alguna cosa, donant fi a l'així curt passeig.

Mentre caminava sense presses els meus pensaments recorreguts per les il▯lusions del bé i del mal se centraven en la clau del seu enteniment final, el descobriment de la meva naturalesa, així com la necessitat, l'obligació, de ser fidel a aquesta naturalesa, com si es tractés d'un mandat inevitable que es precipitava en la cerca de la felicitat. Potser el desconèixer allò que constitueix la nostra pròpia essència, com nucli dur del mateix ésser, impedeix assumir els possibles objectius vitals d'aquest, rebutjant les màximes sobre l'equilibri aristotèlic de la mesura, o la idea de perseverar en una virtut que no pot sinó edificar-se sobre determinada assumpció del que és i per a què serveix aquesta virtut, ja definitòria d'un concepte aliè a la pròpia construcció personal.

Si ens reconeixem d'una específica manera, perquè som d'aquesta manera en si, tota lluita en contra, tota cerca del suposat redreçament, tota pretesa constricció i rectificació de futur, no serà més que una batalla contra el vent, modelar quadrats en les ones de la mar o comptar l'aire en espai obert. En fi, l'anunciada derrota de la guerra. La qüestió és com arribar a aquest reconeixement o si existeixen factors externs, anòmals, nocius, cridats a pertorbar l'autèntic, fent-nos creure com a veritat el que no ho és ni pot ser-ho. I com saber-ho? Potser a través de la conducta diària, el quefer quotidià de l'important, però sobretot de la rutina del detall sense importància.

Actuar el quotidià i percebre el resultat aporta un propi mereixement, el sentir positiu o negatiu, a considerar que es tendeix a la felicitat o s'està en ella, o tot l'oposat. Però també pot ocórrer que una cosa d'un sol ús a curt termini ens proporcioni plaer més endavant, o a l'inrevés. En aquest cas, com poder triar entre l'una o l'altra conducta envers això definir el que som? O bé basar-nos exclusivament en com ens trobem en fer o no fer alguna cosa, a seguir o ometre una condemna, deixar d'actuar si molesta, seguir amb això si agrada. Després el reconeixement d'un mateix o la culpabilitat. Aquesta, per part seva, desapareix si assumim que no hi ha raó de culpa cap sent fidels a la nostra pròpia naturalesa. Però, i si l'essencial d'un mateix no és immutable, sinó que, en contra del significat etimològic de la paraula, l'essència pot modificar-se, evolucionar, o involucionar, cap a i fins a una altra situació o estat? Potser tot sigui un avanç, malgrat que es valori com una reculada. Sí, tot canvi temporalment successiu és evolució, encara que objectiva, o subjectivament, ho concloguem en pitjor, com a involució.

Sovint em trobo immers en una mena de pensaments que s'encadenen sense fi; acaben per no tenir sentit últim per molt que formalment poguessin semblar-ho. El que al final queda, en realitat, és un propòsit d'eximir-me, d'escapar al judici moral que sé molt bé uns altres em dirigirien, encara que no hagués infringit cap llei penal positiva, que també. En confrontar aquesta situació es fa més palesa el menyspreu a l'altre, a aquest jutjador hipotètic, futur carcerari prest i cobejós moralitzador. Ho faria desaparèixer si pogués, amb tot dolor purgant que m'anés donat proporcionar. I gaudiria durant cada minut de cada hora de cada dia que pogués prolongar-lo.

31.

Que no t'agafin. La seguretat de sortir indemne i impune, evitar el descobriment, amb o sense càstig però sobretot sense aquest, afavoreix a no dubtar-ho els actes de principi recriminables a criteri de la societat. Si no fos així tampoc es conformaria el temor de no poder escapar sense repercussions. Però cal anar més enllà de l'estratègia del cost-benefici que defuig el valor i les conseqüències de les emocions dels qui actuen, i sobretot la seva estupidesa. Això no obstant, comparar resultats positius i negatius i triar davant aquest balanç el més favorable per a un mateix, per descomptat que deixant de costat el pèssim criteri de molts per a saber què és bo i dolent per a si i en quin grau pot arribar a ser-ho -base irremeiable de la decisió que així es pren–, va propiciar el Model Simple de Crim Racional, l'anàlisi intel·lectiu del premi Nobel Gary Becker. En fi, amb aquest sistema es valora si val la pena fer una cosa dolenta o no fer-lo, sense importar en decidir si és incorrecte o correcte. Crec que es tracta d'un model de deshonestedat equivocat, perquè si fos cert el crim podria reduir-se simplement incrementant les penes i els mitjans de detectarlo, això és, els seus costos. Amb tot, comparteixo la idea que la majoria de la gent no opera amb base en la correcció, considera sinó en el que el seu propi interès, sense importar res més, la qual cosa sol acostumar-se en les decisions dels nens.

Quan tenia vuit o nou anys un company de jocs al carrer es dedicava a reunir pedres de diferents colors, petits còdols del sòl. Una vegada em va ensenyar la seva col□lecció, orgullós de tot just un parell de grapats de trossets de sòl, paret o el que fora l'origen del seu elenc collit amb afecte. Vaig advertir una peça translúcida de verd fosc i li vaig dir que això no era una pedra, sinó un vidre d'ampolla, que per tant no podia estar en la seva col□lecció de pedres. Al principi va mostrar perplexitat, amb el que immediatament em vaig sentir culpable per propiciar la pèrdua d'un dels seus exemplars, però al temps vaig pensar que no era bo ocultar-li el seu error. Era el meu amic. Al poc, trencant el silenci que s'havia mantingut des de les meves paraules, em va dirigir una profunda mirada i va afirmar amb convicció que li agradava el verd, que des d'aquest moment seria la pedra cap i que per descomptat continuaria formant part de la seva col·lecció.

En realitat, el vidre està fet de minerals, amb la qual cosa és, certament, una pedra: sorra de sílice, carbonat de sodi i calcària o òxid de calci fosos a mil cinc-cents graus centígrads.

Vaig assentir amb mig somriure i li vaig dir que tenia raó, encara que llavors res sabia jo de com es fa el cristall manufacturat o de quina manera el crea la naturalesa, cristal·litzant gasos a l'interior de les roques, ni molt menys la diferència entre cristall i vidre, fonamentalment diferents pel sistema de refredament, el primer amb una estructura regular que en el segon és irregular o imperfecta, i mancada d'òxid de plom. Per descomptat que ell tampoc tenia la més mínima idea de tals informacions químiques.

Va guardar acuradament les imatges de la seva col·lecció perquè mantinc incòlume el pòsit de l'emoció sentida en aquest instant: satisfet i fenomenal, amb unes ganes enormes de protegir-ho enfrontant-me a qualsevol mal per ell. Les nostres emocions imprimeixen amb poderosa potència el record del que ens ocorre, més que qualsevol altra cosa que conscientment pretenguem per a afermar en la nostra ment un succés o una dada que considerem necessari retenir.

Mai vaig haver de protegir-lo de res fins a gairebé el moment de separar-nos per sempre, quan la seva família es va traslladar quan complim els tretze anys; almenys mai més ho vaig veure des de llavors.

32.

Ara mateix record amb dolorós afecte el dia en què em va ensenyar la seva col·lecció, col·locant les pedres una al costat d'una altra amb summa cura i una cara plena d'orgull. No era absolutament res per a tots i ho era tot per a ell, però en connectar amb mi aquesta classe tan autèntica de sentiment ho va ser també per a mi. Durant els nostres tretze anys, abans de perdre-ho, vam conèixer a una noia italiana d'enormes ulls i gens petit nas. Mostrava una desimboltura tan inusual que ens va cridar l'atenció des del primer dia. Per no sé quin motiu relacionat amb el treball de la seva mare anava a estar un any al nostre país, llogada en un pis del barri, i el meu amic es va enamorar des del primer moment. A mi també m'agradava, però mai em vaig representar cap mena de romanç, a diferència de l'idíl□lic que aquell sostenia, per molt que mai va intentar res. Poc després de conèixer-la vam saber que li agradava molt el cinema dels USA i sense saber ni com ni per què el meu amic va contactar amb un senyor d'un videoclub en l'altra punta de la ciutat que li va proporcionar un fullet a color de la pel□lícula El Padrí, de Francis Ford Coppola. En aquest temps encara no es comercialitzava el DVD, en fase de recerca, i ni molt menys es tenia accés generalitzat a internet; ni Google existia. Els videoclubs brollaven per onsevulla, ja estès el

VHS sobre el BETA que durant un temps va compartir aquest mercat de lloguer. Crec que el meu amic va ser de visita familiar i va veure alguna cosa en el videoclub que li va fer entrar i entaular conversa amb l'encarregat que, per la qual cosa sigui, li va regalar el fullet. És igual, la qüestió és que se li va ocórrer construir un petit mural per a la italiana, retallant imatges cinematogràfiques de fullets publicitaris que pel que sembla eren de molt bona qualitat, en gruixudes làmines impreses en brillants colors. Davant aquesta expectativa acudia almenys un parell de vegades per setmana, prenent un parell d'autobusos en cada trajecte, sovint tornant amb les mans buides, unes altres amb més d'un preuat document amb destinació al puzle de retallades. Va completar una bona col·lecció abans que la italiana es disposés a marxar per sempre, donant-li temps a confeccionar aquesta espècie de collage que va plastificar i va emmarcar. Es va gastar uns bons diners en un marc de fusta poc més gran que un foli, però sense cristall, no sé per què, d'aquí ve que comprés paper transparent de plastificar. El resultat va quedar molt bé, molt millor del que sona en dir-ho, recollint gairebé mig centenar de pel□lícules en una composició alegre, cridanera, i molt ben unida i compensada distribuint tot tipus de colors. Havia tallat cadascuna de les peces amb summa cura, el mateix amb el qual les va adherir utilitzant una cola marca Imedio que també va comprar per a l'ocasió.

Vaig observar l'escena des de la cantonada del carrer, havent enfosquit. Va ser quan es va acomiadar de la italiana, que al matí següent viatjava a un altre país, tampoc el seu, mentre nosaltres estaríem en el col□legi, encara que anàvem a centres diferents. Havia embolicat el seu regal en paper brillant, de la mateixa manera comprat per a presentar el seu regal en una botiga bastant cara. La noia ho va obrir amb cura, no li ho podia creure, deia, i va mostrar la seva sorpresa en veure l'obra del noi. Va afirmar que li encantava, que era un treball preciós i el tindria sempre perquè li recordava un munt de pel□lícules que li agradaven molt. En la part de darrere el meu amic havia escrit alguna cosa però no sé què. Ella ho va llegir i li va somriure. Li va fer un petó en la galta, lent i llarg, i es van acomiadar, marxant ell. A penes li veia la cara però em va semblar ple de satisfacció i felicitat. Tot el treball havia estat seu però també va suposar orgull per a mi i felicitat pròpia només per percebre la seva.

En aquest moment es va creuar amb un parell de noies del barri que m'imagino anaven a saludar a la italiana, també per a acomiadar-se. Van estar parlant una estona amb ella, ignoro per què vaig mantenir la meva vigilància. Sempre m'havia agradat veure-la parlar, amb els seus gestos harmònics, el llarg pelo atzabeja movent-se mentre reia i xerrava. No els va mostrar el puzle emmarcat, fet costat a la seva esquena, contra el respatller del banc, que les noies tampoc van veure per si mateixes. Al cap d'uns cinc minuts, no més, les tres es van aixecar i es van anar, i a punt vaig estar de sortir corrent per a advertir-li que es deixava el regal del meu amic, el cor em va fer un tomb en veure que no l'oblidava. A uns sis o set metres va girar el seu cap i va fixar la mirada en ell, per diversos segons, però no va parar el seu caminar ni va modificar en gens ni mica la direcció dels seus passos mentre escoltava una de les noies que parlava sense parar, mirant de nou al capdavant amb un gir acompanyat al vol de la seva magnífica cabellera negra. Negra com el seu cor, deguí pensar paralitzat de l'angoixa. Vaig avançar molt lentament fins al banc i vaig prendre a les meves mans el puzle de cinema quan les tres ja s'havien perdut de vista. Potser se'l va representar alguna objecció respondre a la curiositat de les altres si li preguntaven per això? No semblava que el seu rostre mostrés cap inquietud quan va mirar llargament mentre s'allunyava. De totes maneres em vaig asseure en el banc amb un halo d'esperança i vaig romandre amb el regal en la meva falda el menys una hora. Em van renyar a casa quan vaig arribar a sopar tan tard. No em va importar. Jo esperava amb enorme intensitat que la italiana s'hagués desembarassat de les altres i tornés a recollir-ho, però no ho va fer. No almenys durant tot el temps que vaig vetllar per l'esforç del meu amic.

No vaig poder deixar el puzle allí, naturalment, però dir-l'hi em resultava impossible, no era una simple pedra de la seva col□lecció. Va ser el meu secret, i continua sent-ho. Aquesta nit les meves llàgrimes van brollar de tristesa i ràbia impotent sense remei quan en la solitud del dormitori vaig guardar el regal després de llegir la dedicatòria que va signar: “perquè et recordis de” i el seu nom a continuació. Jo hauria escrit “sempre que tinguis aquest regal em tindràs en la teva memòria”, però ell sempre va resultar més directe i senzill.

No em vaig acomiadar d'ella i em vaig alegrar. Aquella mateixa tarda, en sortir del col□legi, m'havia demanat que no deixés de fer-lo. Anava a veure-la quan el meu amic li va lliurar el seu regal i jo no vaig voler interrompre'l, ni tampoc aparèixer estant les altres noies acomiadant-se. I quan va abandonar el puzle vaig quedar paralitzat el suficient temps per a pensar que no valia la pena anar cap a ella, amb o sense el regal, i acomiadar-me com sincerament li havia promès. A la vora de l'estiu, just en acabar les classes, el meu amic va marxar. Semblàvem dos petits adults, cara a cara, seriosos. Creuem alguna frase a l'estil de ja ens veurem, poc més. Ni havia sentit parlar del poble on anaven a viure, dels pares de la seva mare, només que encara no tenien telèfon i sembla que mai ho van tenir perquè mai em va cridar, tampoc em va escriure per a donar-m'ho i jo no tenia la seva adreça exacta.

Feia moltíssim temps que no recordava aquesta història. Penso que ell va imaginar que el seu puzle estaria amb la italiana durant anys, qui sap si per sempre, però no sé si ella es va recordar d'ell o del seu regal, tan costós en diners, temps i, sobretot, amor i il□lusió.

33.

Vaig arribar al pis i em vaig embolicar en el silenci incomprensible regnant. Tombat en el sofà em vaig sentir molt cansat. A penes havia dormit aquesta nit, però no era per això. Recordar al meu amic i el seu menyspreat regal m'havia entristit i lloc furiós al mateix temps, com em va ocórrer aquella vegada. I es tractava d'una mena de fúria que m'accelerava enormement el ritme cardíac. Vaig poder apaivagar-me després d'imaginar la cara de la italiana en l'horrible embornal on va morir el gos, agarrant-la amb força del coll fins a matar-la mentre m'imaginava escopir tot tipus d'insults en contra seva. Em va resultar molt dur llavors, però potser no anava per a tant. Malgrat l'enorme virulència de les meves emocions, arrelades en odi i frustració, que al cap venen a ser el mateix, quan em vaig recolzar en el sofà ja se m'havia passat tota alteració. Ni em vaig adonar. Només tancar els ulls i vaig entrar en un somni que va acabar per resultar tan vívid com poc satisfactori.

Era un terreny muntanyenc, àrid i sense vent, inclinat, cap avall des de la meva perspectiva. Notava una tanca i una porta a l'esquena; més que les seves característiques el seu volum, però no veia ni porta ni tanca, cosa que significava que havia estat allí, de visita o fins i tot vivint. Tampoc podia observar-se, ni s'intuïa, cap edificació, només arbres al lluny, alts pins blancs que aconseguien els quaranta anys, sinó més. La sensació va ser la d'un somni llarg, però a penes recordo res de l'ocorregut. Percebia l'entorn mentre sentia solitud en el meu interior i veia una espècie de tombes en entorn, verticals, folrades de cobertors de vell color blanc o beix, dos plecs en forma de finestres tancades, en un cert grau tibants però sense rigidesa. Allí jeien el meu pare i el meu germà, també la meva mare, encara que aquesta encara no ha mort, i per molts anys. Aviat els acompanyaria un mateix. Més que imatges es tractava de sensacions, negatives, profundes, esquinçadores, sobre la impossibilitat de comunicar, de parlar amb ells, del temps perdut durant el qual hauria estat possible connectar i que es va rebutjar irremeiablement. Per si no fos prou, anticipat la meva pròpia mort i enterrament en aquell lloc, tenia per segur que jo mateix tampoc podria comunicar-se amb mi, parlar sol, si més no pensar en el que fos. Era l'adeu total.

Vaig despertar amb la idea de no desaprofitar les hores, els dies o els anys que em quedaven amb la meva progenitora viva, a prop en l'espai però molt lluny en la pràctica diària, a penes uns minuts de conversa telefònica en cada jornada. Ja era molt en comparació amb altres famílies, però en aquest moment se'm va antullar insignificant i perjudicial per a mi mateix. Sofria el dolor de la fi, el malestar de l'infinit. No per a un jo immediatament anterior a un acabar sense transcendència. Ja no hi havia temps ni marxa enrere, res era possible, absolutament res. I a un pas, l'oblit. També de mi sobre mi mateix.

L'enorme desassossec em va despertar amb sobresalt, encara que vaig tornar a recolzar-me i vaig romandre sobre el sofà mirant un sostre en el qual es reflectia la llum del matí. Que creixia cada vegada més. Vaig tornar a tancar els ulls, i vaig tornar als somnis que em compartien. Quan de nou vaig tornar a despertar em feia mal l'esquena, sobretot al llarg de les vèrtebres lumbars. A penes passaven uns minuts de les deu. En aquesta ocasió un mateix viatge oníric, totalment diferent, s'havia sobreposat a si mateix. Anava perdent la seva nitidesa, els detalls de la història i els personatges que en ella van viure, però encara era capaç de recordar algunes coses. Jo apareixia dirigint-me a una oficina pública per a una espècie de reclamació o consulta. Una gran porta doble d'ascensor venia secundava per dues escales que es projectaven a la seva al voltant, amb un passadís al capdavant que comunicava els trams que pujaven i baixaven. Havia d'anar al cinquè o al setè pis i sentia com un subjecte home, d'uns cabells rossos estranys, de geometria impossible, parlava en recepció i decidia en l'últim segon prendre amb mi l'ascensor per a una segona queixa. En arribar al pis era dels dos l'equivocat, però les portes s'havien tancat per a permetre'm tornar al seu interior i el botó de crida no responia, per la qual cosa vaig decidir pujar per les escales que ascendien a la meva esquerra. El tipus llarg d'alçada i pèl estrany em va seguir a grans gambades dient-me que ell anava primer. Vaig accelerar el pas i vaig entrar per davant d'ell en una estada on tot va canviar. Era un domicili particular en el qual jo anava a quedar-me per poc temps, i on el ros ja era rossa; i també s'anava a quedar. Hi havia un llarg sofà enfront d'un moble baix amb un televisor mitjà obstaculitzada la seva visió cap a la meitat dels seients per una gruixuda columna de base quadrada. A l'esquerra, asseguda en silenci, la rossa; amb mi, a la meva dreta, una nena molt petita, la meva filla, amb unes joguines que l'entretenien, i més enllà un home jove, l'encarregat del pis, que no l'amo. Em vaig aixecar i vaig creuar l'estada en línia recta fins a col·locar-me davant una porta, la del dormitori que ocupava amb la meva filla, ja instal·lat el meu limitat equipatge.

Res tenia sentit. Rebia punxades, probablement del meu dolor lumbar conscient en la vigília, i em girava sobre els coixins buscant el que no era allí. Pretenia dominar el somni almenys perquè evolucionés cap a una cosa intel·ligible, però l'única cosa que vaig poder aconseguir va ser una altra sensació, posar fora de perill a la nena, per sempre, matant-los a tots. Quan vaig despertar de nou a penes havien transcorregut un parell de minuts. El temps no existeix quan estàs adormit.

34.

Una de les meves múltiples fantasies, ja nascudes en la maduresa: ser un assassí professional des dels quinze o setze anys, emparat per una intel·ligència molt superior a la de qualsevol, convertint-me en algú desconegut per a tots en aquesta doble vida, corrent i criminal, extraordinàriament lucrativa amb el pas dels anys i l'experiència, si bé tots els diners aconseguits, després de gastar el necessari en la tecnologia i preparació imprescindibles per a aquest treball sicari, es convertia en donacions anònimes per a obres de caritat o similars destins altruistes. Era impossible identificar-me, encara que en cercles molt específics es coneixia de la meva existència, així com de la manera en què podia contractar-se'm. I no obstant això negociava i cobrava enormes quantitats d'efectiu provinents del pitjor d'aquest món, per la qual cosa pot deduir-se no seria uns diners nets.

També acabava amb el més nociu, en rebutjar encàrrecs contra innocents. L'excepció va tenir lloc després d'un treball per a la màfia que no va voler pagar-se segons el convingut, i la "família" que el va encarregar, més de dues-centes persones, inclosos nens i nenes, van ser eliminats en menys de dos mesos, la major part assentada a Calàbria. Bàsicament va ser aquest l'únic episodi imaginat de tal perfil fantasiós significativament pueril, a excepció del fallit intent de ser atrapat per un especialíssim equip del Seal que va quedar destruït en menys de cinc minuts, l'ocasió en què més a prop van estar d'atrapar-me, un altre exercici de superlatiu infantilisme autocomplaent. La resta resultaven indeterminats treballs individuals, al llarg de tothom, i que després de l'adolescència havien de combinar-se amb sòlides coartades: el tipus de treball i una dona i uns fills que per descomptat res sabien. Era la meva tapadora, la meva altra identitat. Es perseguia una suspensió d'incredulitat a partir de l'extraordinària intel·ligència que, per descomptat, ni per remei tenia en la realitat, deixant molts espais en el buit, sense explicació possible, donats per fets. A vegades recupero l'imaginat perfil sicari col·locant-me en aquesta noció de poder, pot dir-se que absolut, d'assassí implacable i indetectable, perfecte en el pla projectat, segur, sense errors amb la seva posada en pràctica, capaç de qualsevol cosa i sota qualsevol circumstància. En el fons no deixava de ser la il·lusió d'autoprotecció ideal, una espècie d'omnipotència i infal·libilitat que podria afrontar tota situació concebible i mantenir-me fora de perill.

És curiós que tot aquest imaginari mai m'hagi servit davant l'adversitat, sinó exclusivament quan fantasio. Però l'altre dia, en la foscor, d'alguna manera em vaig sentir pròxim a aquest poder, a aquest infal□lible, i vaig obrar com amb una identitat secreta, paral□lela a la real, si és que aquesta que tinc a vista de tots és realment l'autèntica.

Sigui com fora aquesta matinada vaig superar el somni i la imaginació. Vaig viure l'omnipotència, i la sensació de domini va resultar impossible de descriure. És com un somni de felicitat. Una satisfacció que se sent sense fi. La completesa i integritat més absolutes.

Sempre he sabut que també era una necessitat no coberta, reprimida, a penes satisfeta amb puntuals moments en els quals molestava a alguna mascota fora de la vista del seu amo, sense comptar aquell innocent animaló que es va tenir a casa. I tinc la sensació que ara s'ha convertit en una necessitat molt més apressant. De moment, no obstant això, em basta i sobra amb el recent record, al qual puc acudir quan vulgui, com prendre sense pressa la beguda favorita, ben fresca, quan s'està assedegat. No obstant això penso també sobre el que ocorreria amb un ésser humà. No crec que fos el mateix. En el gos hi ha aspectes de submissió natural, sobretot l'ensumar qualsevol cosa, que difícilment pot imposar-se en l'actuar natural d'una persona. O potser sí.

Constato no obstant això una diferència molt important entre les persones i la resta d'animals. Deixant de costat als insectes, no tinc ànim cap contra els segons, però molt sovint sí que voldria matar als primers. En bona part quan considero que han de ser castigats per alguna cosa que han fet o, simplement, per la qual cosa són. Per poc que sàpiguen del motiu de la seva mort és aquesta l'objectiu, que morin i punt. No ocorre el mateix amb els animals que es diuen irracionals. Per molt que m'importa relativament el seu destí, és cert, no és la mort el que persegueixo, mentre que la possibilitat de morir tampoc crec els afecti en gens ni mica respecte del seu sofriment enfront del dolor o la imminència de més dolor, la qual cosa ha de ser molt diferent per a un home o una dona, o fins i tot per al nen o la nena, que se saben mortals i comprenen que poden perdre la vida.

Record a aquell petit, germà menor d'un amic també més petit que jo, un parell d'anys, amb el qual jugava al carrer quan tenia deu o dotze anys. No sé si ho vaig enganyar o simplement vaig utilitzar l'oportunitat per a portar-li fins al seu germà en unes instal·lacions esportives a tres carrers de la seva. Havia de tenir com tres anys, quatre pel cap alt, i em sorprèn ara que estigués només fora de la seva casa. Eren uns altres temps. Li vaig agafar de la mà i caminem en la seva confiança cap al camp de futbol on suposàvem estaria el germà. A cent metres de la porta es va separar i va arrencar a córrer, però immediatament abans li vaig mostrar uns excrements en una cantonada, tirant d'ell cap a ells, obtenint el rebuig immediat i visceral d'aquest nen de cara angelical, nas camús, com sense ossos, i front ample i tova. Crec que en aquest moment va saber de la meva autèntica naturalesa quan si més no jo era conscient de res. Però vaig veure en els seus ulls un enorme temor, gairebé irracional, que era el que en el fons buscava jo amb aquella maniobra. Si ara tingués a aquest nen a disposició, amb la seva capacitat de temor, pogués ser millor que una mascota.

35

Quan afloren pensaments relacionats amb el fer mal a persones sorgeix, irremeiablement, l'obstacle infranquejable de la covardia. No és el mateix torturar a un animal que a una persona, i a aquesta, que pot parlar i comptar, caldria matar-la d'assegurança excepte trobar una manera de no ser reconegut de manera cap, però jo no tinc la intel□ligència del meu quimèric assassí professional. Penso que la meva cobdícia no seria suficient per a superar la por de ser descobert, sense oblidar el com fer-lo tot. No es tractaria de matar sense més, això només suposaria el final, juntament amb l'eliminació de qualsevol petjada que pogués delatar-me.

Naturalment, hauria de planificar-ho fins al més mínim detall, començant amb l'elecció d'una víctima amb la qual ningú pogués relacionar-me, o en un lloc i en un temps que tampoc, una espècie d'amplificació de la coartada que, per descomptat, també hauria d'elaborar a consciència. Però a diferència d'aquest personatge imaginari súper-intel□ligent, dubto de la meva capacitat per a idear un pla en el qual resultés impossible atrapar-me.

I aquí resideix el temor a ser descobert, en part per l'exposició al públic en general, però sobretot per ser fet pres i maltractat de mil maneres en el centre penitenciari al qual fos assignat.

L'autèntica llibertat pot ser la de qui no té cap lligam, no física, que també, sinó moral i legal, i a una altra per la seva pròpia naturalesa, sobre que es pretén considerar que la naturalesa jurídica no basta en un animal social, que forma part irremeiable el seu hàbitat i el seu cosmos relacional. Però també pot identificar-se la idea del ser lliure com la de qualsevol subjecte sotmès a totes les circumstàncies i contradiccions conjunturals, perquè no cal pensar, més que en el pla teòric, de laboratori, la figura d'un individu en si, desconnectat de tot el que li ha format en el passat i li envolta en el present. Més enllà de l'instint de Lorenz recolzat en l'herència animal, i el conductisme de Skinner que tot l'explica a partir del condicionament social, és clar que a diferència dels animals els éssers vivents humans són agressius no sols per supervivència o en clau defensiva si no hi ha altre remei, sinó també com si es tractés d'una passió, com l'amor o la cobdícia, pròpia d'un actuar sense objectiu social o biològic, la qual cosa sol identificar-se com a destrucció maligna, no obstant això qualsevol agressivitat era per a Freud causa de malaltia. I potser el repàs antropològic permetia observar que l'evolució de l'espècie humana, si és que l'humà és una espècie, domina i restringeix l'instintiu darrere d'aquesta altra agressivitat, al mateix temps que depura distàncies amb l'animal irracional, on juntament amb la crueltat també s'adverteixen aquestes emocions digui's bones, particularment l'amor. En aquest context s'acaba per plantejar si la llibertat és realment un principi i un dret fonamental tan exigent o mereix, en canvi, ser molt més definit per la col□lectivitat. O potser ja estigui més que delimitat, i la qüestió sigui reconèixer-ho. Si es discuteix caldria pensar que és el que es vol, una autèntica llibertat?, i quin de les dues?

36.

La vida és una merda. Aquesta expressió no resulta inhabitual en els meus llavis, però sense embuts hagués de concloure's incorrecta. Potser hauria de dir que el meu jo és una merda, perquè la vida, en si mateixa, des de la naturalesa fins a les proeses de l'esperit humà, és meravellosa i només ens brinda oportunitat, amb atzar o per necessitat, sota la idea del destí o la predestinació, o bé el lliure albir en el fer i el no fer. És cert que després de la mort de Déu per l'home, en dir de Nietzsche, i que en realitat va esdevenir amb la mort de la raó, hem arribat a la crisi de la mateixa esperança on l'anhel resideix en el tenir. Al marge del per què i, sobretot, del per a què, sigui en el món del capitalisme, sigui en el del comunisme, la tinença s'alça incontestable guia de l'individu, per molt que aquest, en major o menor mesura, comparteixi una visió general i fins i tot la cerca de l'anomenat ben comú. Però és igual.

Impera l'ambició en la pitjor de les seves perspectives, i l'acumulació sobre aquesta visió cobejosa, no obstant això la majoria de la població mundial manca de la més mínima oportunitat de reaccionar davant una de les violències més sagnants i probablement més perilloses pel seu aparent silenci: la pobresa. Sempre recordo que l'11 de setembre de 2001, quan van morir diversos milers de persones a les Torres Bessones novaiorqueses i en diversos avions de passatgers, van perir molts més éssers humans de fam aquest mateix dia, igual que ho havien fet l'anterior i el van continuar fent cada dia fins avui. Cada maleït dia. D'ells, un número també superior a aquella xifra de morts van ser nens i nenes, més de vint mil de no més de cinc anys. Estic segur que tots i cadascun d'aquests últims eren absolutament innocents, i no crec que la majoria de les víctimes adultes del 11-S ho fossin, almenys en tant a gratcient o per ignorància deliberada un dia darrere l'altre res feien davant la referida mort massiva per inanició, o respecte d'alguna de les mil batalles sobre el planeta darrere del just al no tenir suficient menjar, o territori, o armes o vanitat. Això no significa que aprovi els atemptats, una horrible obra d'estúpids, i em refereixo als individus que en una equivocada estratègia intel·lectual van ordir i van dirigir la mort terrorista, sense posar-se ells en perill per servir-se dels adeptes que s'immolen a sí mateixos, més estúpids encara, i encara que covards pels seus actes cap als altres, no quan van sacrificar la seva existència -o la seva vida si creien en l'avenir del més enllà- per un ideal en el qual creien, on possiblement concorrien fortes dosis d'impotència i venjança contra un país que sol pretendre el domini geopolític per interessos econòmics, malgrat utilitzar la bandera dels drets humans per a intervenir per la força de les armes a milers de quilòmetres de les seves fronteres, transportant a aquests llocs mort i destrucció que es perpetua quan abandonen el lloc, no la pau ni la democràcia que embenin a la massa i a ells mateixos en última instància, molt menys la Justícia. La meva pròpia mort en una d'aquestes torres, per descomptat, hauria tingut menys valor que la un nen pobre de fins a cinc anys demacrat fins a morir al no tenir un mos que emportar-se a la boca.

Aquest tipus de coses contribueixen a la idea que la vida és una merda, però la merda som cadascun de nosaltres. Fins i tot en la vida més miserable, i sense reparar en el suïcidi, potser pugui trobar-se la dolçor i la felicitat, però potser això depèn en gran manera de la sort, millor dir de la casualitat. En tot cas, hi ha els qui renuncien a la importància del tenir quan tenen. No és el cas dels coreans ancians que es lleven la vida perquè l'Estat no els proporciona ni habitatge ni sanitat ni aliment. En aquesta situació, sense la joventut que pot oferir propis mitjans de manteniment fins i tot a la desesperada, siguin quals siguin, un mínim tenir hagués de considerar-se indispensable per a no dir que la vida és una merda.

Tot acaba reconduït al poder. I el millor poder és aquell que no es percep, el que ha aconseguit que un mateix es disciplini, la qual cosa fonamentalment es recolza en la mentida. Curiós en tot cas que s'afirmi la inexistència de la veritat, sota la clau nietzscheana que tot són interpretacions. Perquè si això és així, si es reconeix que no hi ha veritat, tot és mentida? Encara que hi hagi una veritat o no hi hagi més que interpretacions, la qual cosa sí que és cert és que les mentides no paren de succeir-se, sense parar.

També podem pensar que les veritats són metàfores o il□lusions que ja s'ha oblidat que ho són, però llavors és com si no creguéssim en la nostra pròpia raó, el nostre singular pensament o els nostres propis sentits. Em crec el que veig, la qual cosa toco, la qual cosa gust i faig olor, la qual cosa sento, és una espècie de fe, del llatí la "fi" de confiança. Obrir la cerca, més enllà de la certesa, és com assenyalar que la veritat va morir, la qual cosa no deixaria de ser una forma del Déu ha mort que va exposar Nietzsche, per exemple en l'aforisme 125 de la Gaia Ciència: si el món és tancat perquè està ple de certeses, Déu l'obre, opera com a resta, l'esperança davant la norma-lització auto-disciplinant d'aquest món totalitari; però Déu tanca si el món és obert, sense certeses, com una solució provisional per a la por de l'abisme tradicional significat amb la mort. La dogmàtica de l'ateisme és molt pitjor que la de la religió, alçant-se prepotent com una dogmàtica de raó negatòria. De totes maneres, no hagués d'oblidar-se que expressar “Déu no existeix” implica una certesa. Això ha de relacionar-se amb la consideració de Déu equiparat a l’alteritat que intranquil□litza, on seríem obertura i Déu el que no tanca, una resta que impedeix el tancament, per això no té nom i és inefable. L'innomenable bíblic. De tenir un terme o paraula que el nomenés tancaria, per això quan Moisès li pregunta el seu nom la resposta va ser un terme sense sentit. Jo soc el que vaig ser (no el que “soc” de la traducció grega) ve escrit en Èxode 3.14. I per a autors com Nancy s'erigeix en l'instrument que l'ésser humà utilitza per a anar més enllà d'un mateix, allò que condueix en sobrepassar-se. Actuem entre el no-res i el no-res, la nostra existència després de néixer i abans de morir. Som possibilitat, l'un altre és l'impossible.

La captació de Déu pel coneixement, el logo, ve a definir la teologia, que en definitiva és comprendre-ho com un ordre. El pensament, lògica, discurs o estudi de Déu. Ara bé, molt ximple ha de ser un per a no advertir que els absoluts i les certeses de la religió institucionalitzada, des de sempre, acaben per buidar l'autènticament religiós, que estaria en la cerca de qui s'assumeix finit i es pregunta què li ocorrerà després de la fi de la vida mortal. Però la possibilitat de saber traeix la fe, que pogués considerar-se una font de coneixement, no un saber a la manera de la ciència, de totes maneres delimitada, per molt que avanci les seves fronteres sense parar, determinant d'aquesta manera els contorns que li són propis, a partir dels quals el creient té fe més enllà d'ells. És una idea antinòmica amb el científic, com l'expressada per Tertulià sobre la fe: creure perquè és absurd. De manera que, si triem aquesta línia de pensament, qualsevol contradicció que la raó trobés en els textos bíblics no conformaria més que una nova prova concretament favorable a la fe.

Quan les religions institucionalitzades pontifiquen amb el que hi ha després de la mort, quan pretenen donar resposta a aquest misteri, d'alguna manera traeixen l'essència del religiós, de la fe. La ciència, en particular la filosofia, i la religió, com a creença, tenen la seva mirada en el mateix objectiu, el per què, però la segona no pot pretendre un resultat com el de la primera, perquè aquesta està dins dels límits del coneixement i aquella fora d'ells: cada vegada que la ciència demostra un avanç en el límit, i amb això, potser, una determinada inconsistència racional del text religiós, indica la barrera a partir de la qual no cap explicació, i això és així perquè no s'explica; això estén un terreny per a la fe. De totes maneres, i deixant al marge que la ciència pot estar equivocada, i afirmar coneixement que en realitat no ho sigui -generant així falsos límits del saber-, considero que pot haver-hi certesa en el qual té fe i creï al cent per cent el conegut per la revelació a la qual s'atorga credibilitat per la pròpia fe. Perquè la creença religiosa és també font de coneixement, i els qui pensen que les nostres limitacions intrínseques mostren una paradoxa insuportable sobre què hi ha després de morir i critiquen el que ofereix la fe, obliden que la seva crítica neix de veure les coses amb la raó en el context de ser limitats per ser mortals, potser confonent un i un altre tipus de "coneixement" per identificar tots dos com a característics de la "racionalitat".

La fe roman respectada en el si de l'autèntica religiositat, aquesta no perjudicada per la institucionalització que dogmatitza, si els escrits sagrats se serveixen com un compendi de preguntes en la cerca. Tot el contrari quan la Bíblia es configura com a instruccions per a disciplinar la vida social i la personal.

I si acudim a l'etimologia del terme "religió", adonem-nos que aquesta paraula es construeix a partir del re-lligués, que no és més que tornar a l'origen en aquest etern retorn: tornar al principi, cap a allò de què provenim, i fer-ho en manera eficient. Ocorre que això no es queda aquí, sinó que afegint els ritus, generant l'ètica, i una directa relació de la mateixa amb la metafísica, el conjunt resultant s'orienta a la pràctica de la vida, del comportament, i construeix una escala de valors. Però després de tot aquest aparell institucional es troba un món injust, el rerefons que s'afronta amb l'ètica, que no el soluciona; com a molt, a vegades, a la manera de pal□liatius, com ho són els llits o guies religioses subjacents: contra pitjor se sigui, contra més pobre i desgraciat, millor. I qui està convençut que el lapse temporal terrenal és gairebé res darrere de l'etern esdevenir, assumeix fins i tot agraït el perniciós de la seva vida i permet el triomf del poder.

37.

M'agradava dibuixar postes de sol. Millor dir que acoloria capvespres i crepuscles. Crec recordar que ho feia per plaer, simplement. Veia des de la galeria de la meva casa aquests colors ataronjats, vermells i anyils.

Utilitzava llapis de colors normals i corrents, i fulls de paper comú, amb línies o quadriculades, això no importava. Es tractava d'incorporar línies horitzontals i capes, intentant copiar un cel canviant mentre la meva mare cosia o feia punt asseguda en una butaca color granat i absolutament centrada en la feina de casa. I el silenci al voltant.

A vegades despert per angoixa, pensant que tot acaba o està a punt d'acabar. Un període de vacances, per exemple. El meu està al límit de la seva conclusió. No es tracta de la por d'aproximació a la mort, però aquesta també compon un final, un acabar, d'aquí l'angoixa, ja existencial. De moment m'aparto d'aquests pensaments, que solen convocar negatives emocions, però no dels més lleugers i sense tot just transcendència, com que comença un dia sense objectius, i que, quan acabi, una altra jornada més engrossirà una vida cada vegada més llarga on la mirada enrere reportarà molts assoliments però cap mostrarà autèntica satisfacció personal, íntima, veraç. Per a res va constituir un assoliment la meva experiència amb aquella mascota, però sí una veritable satisfacció, fona i profunda, un plaer intens que connecta amb el més interior, que posa de manifest unes pulsions no creades intel□lectualment sinó innates en la meva naturalesa, essencials i persistents per molta elaboració racional que aboqui al meu cap, buscant impregnar les meves connexions neuronals amb una cosa bona, encara que la raó no sempre ho és, particularment quan crea monstres de Goya.

A través de l'intel□lecte puc rastrejar justificacions delirants per a relativitzar a les meves víctimes al punt d'eliminar el seu més mínim dret d'existència, com un gra de sorra en el desert de la incertesa, no en va cada dia moren milers i milers de persones i no per causes naturals. Aquests vint mil nens de menys de cinc anys, cada dia, enfront dels quatre o cinc mil adults de la Torres Bessones.

Potser la total frustració deriva de suprimir la crueltat que reclama incessant, i cap que satisfaccions d'una altra índole, pròpies de l'amor o de l'amistat, poguessin cobrir determinades necessitats que, al no satisfer-se, condueixen a compensar emocionalment, d'una altra manera. Bon intent, però no. No crec que el desamor i la solitud provoquin el que tinc, la qual cosa soc. De fet, he gaudit i gaudeixo amor, dau i correspost. D'altra banda, diria que sovint fins i tot, periòdicament almenys, m'aparto de la vida de relació i faig que els altres també s'apartin. És, en general, una maniobra de càstig, d'actuar la meva pròpia disciplina, de donar lliçons a través de privar als altres de la meva presència. Com si fos Déu respecte a l'Estel de l'Alba, la major penúria del qual és no poder sentir-ho, veure-ho. Són ràfegues de desig d'estar sol i apesarat, i així amb si, al través del suposat càstig als altres, una tristesa i allunyament propis. Sense embuts em castigo a mi mateix. Deixar de veure a algú, o de parlar-li, o fins i tot de donar mort a una relació, eradicar-la per complet, justificant-ho perquè l'altre ésser humà no li ho ha guanyat, no em mereix en gens ni mica, penedint-me o no del que li he arribat a donar, però en qualsevol cas castigant-lo amb la finalitat de tota vinculació.

Quan anava a primària un senyor molt major venia a recollir a un company a la sortida de classe, a la tarda. Sempre estava, dempeus, atent, correctament endreçat. No era molt alt, i tampoc podia corregir la seva curvatura cervical, per l'edat suposo. Estava seriós, tranquil, amb mirada fins a afable, i quan veia al seu net se li il·luminava la cara, avançava uns pocs passos cap a ell mentre la criatura se li acostava sense massa interès. Llavors el bon home mostrava un embolcall fins a aquest moment ocult a les seves mans recollides a l'esquena, lliurant-lo il·lusionat. Era el berenar, un entrepà que no poques vegades vaig imaginar com era preparat a la seva casa, després d'haver comprat el pa recentment fet, xopar-lo en tomàquet, regar-lo amb oli d'oliva, tallar amb cura el xoriço. També pensava que era vidu, o que tenia a la dona malalta, perquè en cas contrari haguessin acudit tots dos avis al col□legi i mai vaig veure a una anciana acompanyada. L'home portava un llibre, que llegia assegut en un banc d'un parc pròxim al que acudia amb el net perquè aquest jugués una bona estona. No sé per què, en una ocasió em vaig quedar uns minuts a jugar amb ell, camí de retorn a casa, i mentre l'avi llegia còmode i satisfet, el meu company de classe es va desfer de l'entrepà en una paperera. Em va deixar estupefacte i li vaig preguntar per què feia una cosa així, veient en aquest dia el tipus de berenar que portava, l'apetitós que semblava el pa, l'abundant embotit que finament tallat sobresortia simètricament per totes les vores. D'haver pogut me n'hi hagués menjat amb ganes jo mateix amb enorme gust. Em va dir que ho feia des del principi, que sempre era el mateix tipus de berenar, tret que alternava amb el fuet, un altre dels meus plaers, per la qual cosa l'esforç del senyor major mai va proporcionar aliment i sabor al nen. Ignoro si alguna vegada ell va saber del seu desagraïment i menyspreu, espero que no, que el iaio continués satisfet lliurant cada tarda un berenar de gurmet i gaudint en fer-la. Abans d'acabar el curs vaig perdre de vista per sempre a l'ancià corbat. Va deixar de venir a recollir al seu net perquè a ell li va recollir la mort. Vull pensar que va ser molt feliç els seus últims mesos de vida, veient al seu net créixer i pensant que es menjava els seus fantàstics entrepans, perquè ho eren.

38.

Pateixo una amargor que no es projecta cap a fora tant com aboca pesar dins de mi, en part pel que de fracàs insinua, però també, més si cap, pel dolor acte-infligit, un malestar contra mi mateix que en general gairebé sempre podria haver evitat. La meva decisió és la contingent causa de la pròpia dissort, perquè vull ser desgraciat. Es tracta d'una necessitat emocional? Serà un ímpetu impossible d'arraconar per molt de temps?

Haig d'estar trist, compungit, lamentant-me en silenci. Inconscientment generant odi, venjança, anhels de perjudici en entorn. Desitjant compartir el meu pesar, que tots sentin el mal que jo sento. Desitjos ara com ara. I creixen. I es fan gegants, enormes intencions que omplen el buit que jo mateix he provocat. Perquè en el fons així ho vull. És la meva necessitat preliminar. Pot ser que també una part de la vida pròpiament dita, però no plena. Això ho aconsegueixo amb una crueltat que persegueix el sofriment i el dolor, no la mort.

La vida és saber que es viu, ser conscient d'aquesta vida, palpitar l'existència. Penso que, com en aquell conte, si avui inscrivissin la meva làpida podrien posar que només vaig viure unes poques hores. No oblido els segons aconseguits aquella vegada que quan passejava sense rumb vaig trepitjar la cua d'un gos assegut afablement a l'altre costat d'una porta en un tancat pati davanter. L'animal esperaria el retorn a casa dels seus amos, i malgrat la seva agudesa auditiva no va escoltar ni va sentir que m'acostés per la vorera que li confinava. Sigil·lós per casualitat, suposo, vaig observar d'improvís la gruixuda cua reposada en el trajecte dels meus passos. A penes vaig pensar a fer-lo i ja ho estava fent. Li vaig clavar el taló de la bota en maniobra ràpida i contundent. Vaig xafar. Vaig notar dur, os. Al temps va escapar un udol de sorpresa i dolor, corrent sota el meu taló la malparada extremitat amb àvid moviment natural de fugida, com serp agotzonant-se entre l'herba a la vora d'un camí. Una acció reflexa. Vaig percebre una sensació d'una cosa picada, a la manera del nus d'una forta canya resseca sota el pneumàtic d'un cotxe.

També caldria afegir uns pocs segons quan vaig trepitjar les potes davanteres d'un amigable caniche que pretenia ensumar les meves sabates quan caminava cap a la compra, simulant detenir-me per a no trepitjar-ho però fent-ho com qui no pot evitar-ho. O un altre caniche d'impertinent ficar el nas que per tres vegades i davant la impassibilitat de la seva mestressa, distreta pagant a la caixera del súper, fregava el seu musell amb la punta del meu calçat. Al quart ensumo vaig avançar l'extrem de la bota, reformat en el seu interior amb una capdavantera metàl□lica, cap a la cerca de la seva olor, impactant sense soroll però amb immediat i intens efecte dolorós. Li vaig observar de gairell però vaig dissimular el meu moviment cap al carret que en aquest moment acabava de carregar, a manera de coartada. En marxar vaig apreciar el seu dolor amb enorme gaubança, especialment en mirar-me sense moure el cap, aixecant temorós els seus ulls des de la posició capcota que va adoptar després de l'impacte. Fins i tot va portar una de les seves potes cap al seu musell, per diverses vegades, ja quiet per fi, i suprimit per un moment almenys el seu innat afany d'ensumar. Em va sorprendre l'absència de queixa audible.

Fa poc, creuant-me amb un amo de corretja llarga, un lleig pit-bull va avançar cap a l'extrem d'un patí de ferro que portava amb mi sostenint-lo a la mà dreta, i com qui no vol la cosa em vaig anticipar a la seva aproximació corregint l'agarri del patinet de manera que, gairebé en maniobra imperceptible per al qual no estigués observant atent, l'extrem es va dirigir contra el seu musell que en posat confiat i propi d'una descaradura irreverent es disposava a donar-li ús per a fer olor. El cop li va portar cap endarrere com un ressort, deixant ostensiblement humida la dura punta del patí.

El millor en la categoria de segons va ser aquell petit cadell de pelatge negre, tan despert i curiós abans de res aquest món al voltant que s'obria des de feia molt poc als seus ulls, mal portat amb corretja per una jove propietària que ni ho mirava quan avançava ràpida entre la gent per la rambla del barri cap a la mar. L'animaló, àgil però una cosa maldestra per la seva tendra edat, mantenia el bon ritme de la noia amb un cert esforç, però manejant-se presumit i content. Jo pujava cap a casa, en sentit contrari al d'ell. Gairebé sense mirar, com si no ho hagués vist i sense girar-me per a apreciar el resultat en la meva víctima, vaig dirigir amb força la meva cama esquerra a gairebé arran de terra. Semblava un pas, el corresponent en caminar enèrgic que vaig adoptar metres abans, però sense aixecar el peu per doblegar el genoll com quan es camina normal. Va ser una puntada de peu en tota regla, impactant en les dues potes posteriors de l'animal. Vaig notar el rotund contacte contra els seus ossos, i fins i tot sense veure'l vaig percebre la falta de suport dels seus quarts posteriors, acompanyat d'un gemec de profund dolor, i suposo que amb molt desagradable sorpresa. Ignoro si la dona es va adonar d'alguna cosa o va sospitar la meva premeditada intenció. Potser va notar l'impacte a través de la corretja i va mirar a l'animal; després que aquest gemegués danyat. No la vaig sentir dir res. Potser en sentir l'agut lament de la seva tendra mascota va girar la seva vista cap als transeünts després de focalitzar-la de primeres en l'animal, bé em va veure d'esquena com el que ni s'ha adonat de res, bé si més no va identificar a ningú entre la gentada que en aquest moment inundava el pas. Una impagable lliçó per al cadell en qüestió sobre els riscos de passejar prop d'humans. Els animals no obliden aquestes coses, els basta una sola oportunitat de tal índole per a quedar ensinistrats per a tota la vida.

Recordo un altre gos, molt pelut i de grans orelles caigudes, d'aquests que no saps com poden veure alguna cosa a través de tant de pelatge. Estava en el mateix carrer que vivia el de la cua picada, habitual lladrador com esperitat en sentir-te arribar, mai a l'espera i relaxat a la porta, particularment des de la trepitjada. El pelut orelles grans, en canvi, s'avorria dominant amb vista i olfacte el pati davanter on el deixaven durant hores sense contacte humà o d'una altra índole, i qualsevol soroll li precipitava en silenci fins al mur, on s'elevava donant suport a les seves potes davanteres i es amorrava en l'espai a penes de cinc centímetres existent entre el final de la paret i una tanca completament recoberta de tanca artificial. Se li sentia respirar i ensumar anhelós. Imagino com s'acompanyava d'un moviment d'ulls que intentaven traspassar la tanca amb autèntic desig de tenir companyia, o almenys veure-la. Li privava una desorbitada curiositat, potser convertint-ho en un mamífer obsessiu-compulsiu irrefrenable. Just en passar al seu costat vaig veure en el sòl una fulla caiguda, com aquestes de les palmeres que tenen flors blanques en la copa. Estava seca, amb una perillosa punta en el seu extrem. La vaig agafar sense molt bé saber què fer però imaginant immediatament quina utilitat voldria donar-li. Vaig tornar pel mateix carrer d'on venia, però vaig caminar per l'altre costat de la vorera, a fi de creuar enfront de la casa de pelut i passar pel mateix lloc del seu amorrar-se preferit. De nou va repetir el gos la seva acostumada operativa innocent i entremetedora al mateix temps que la fulla seca i punxant va servir d'agressiu estilet fenedura contra l'espai entre mur i tanca. No veia a l'animal, però per descomptat sabia que el seu humit musell estava estret en el buit inspirant olors. Vaig assestar sense mirar, mantenint la vista al capdavant controlant l'entorn directa i perifèricament, per la qual cosa uns pocs centímetres d'error haurien clavat l'aire, però el punyal vegetal va encertar de ple. Vaig notar un obstacle contundent i un immediat udol, agut, profund i prolongat. Deguí clavar-li de ple la punta de la fulla, espero que no fos en un ull, perquè això podria haver-ho ferit greu i definitivament, mentre que en la carn hauria estat una agulla enorme penetrant al través i curant al cap de molt pocs dies. Desitjava això últim, perquè la gratificació va venir donada pel dolor, sobretot rebut per sorpresa traïdorenca, mai en afany de generar seqüeles irreversibles. De totes maneres mai ho vaig saber. Potser vaig evitar que algun malvat li fes veritable mal; em repeteixo que els animals no requereixen una segona oportunitat per a aprendre, els basta una sola per a recordar durant tota la seva vida. Suposo que des de llavors vaig tornar a passar per allí però ja no vaig sentir de nou a aquest gos manefla sobre les seves potes davanteres amorrat en el buit.

La meva última víctima, durant ahir i avui mateix, afegiria diverses hores a la meva vida inscrita en aquesta imaginària làpida de temps.

39.

Només he demanat perdó a una persona, i una única vegada en la meva vida. Estava en cinquè curs de primària i ell tenia un cognom de ciutat. Amb els animals, en canvi, l'he fet en més d'una ocasió. En aquella vaig oblidar per què es va enfadar amb mi, però deguí dir-li una cosa dolenta, al nivell estúpid pre-adolescent de qui manca de maldat i si la té ni encara ho sap, i tampoc practicar-la pot. Vam estar un parell de dies sense parlar-nos. Un matí, col□locant-me al seu costat, de costat, no sé què vaig arribar a dir-li, potser ni tan sols el “perdona”, però va ser una disculpa, clara i terminant. Res va resultar igual des de llavors, encara que formalment vam tornar a ser amics. O companys de classe que es parlen i comparteixen alguna cosa més enllà de les pròpiament acadèmiques. En aquesta època, fins i tot portant anys junts, des dels cinc o sis, ens dèiem pel cognom, pot ser que perquè així es dirigien a nosaltres els professors, des del passar llista a primera hora, després del parenostre en peus, a qualsevol altre menester. M'agradava la companyia d'aquest noi perquè parlàvem d'ocultisme i ens contàvem històries de terror, relats fantàstics que feien pensar i témer. Va ser ell, crec que a través del seu germà, qui va introduir aquest tipus de narratives, i se'ns unien tres o quatre companys més.

Era apassionant submergir-se en la pretesa realitat d'aquestes vivències i imaginar un més enllà abocat en la vida diària. No hi havia crueltat ni per remei, i en els escenaris derivats tampoc. Quan era nen mancava de tota inclinació cap a aquesta maldat, fora de violència explícita, fos verbal o psicològica.

Al meu amic del cognom urbà el vaig veure alguns anys després, quan ja ens hauríem acomiadat en el mateix col□legi, suposo. Li vaig dir que la seva veu havia canviat, s'havia tornat més greu. Considero que seria, simplement, producte de l'haver crescut. No vam mantenir el contacte, seria per la meva falta d'iniciativa, encara que d'ell tampoc vaig advertir cap. No arribem a veure'ns a la casa de cadascú, per la qual cosa ni ell ni jo sabíem on vivia l'altre. I tampoc havíem intercanviat telèfons, si més no parlem mai sinó cara a cara i en el mateix centre d'ensenyament o a les seves portes.

La majoria dels abandons en la meva vida han estat mutus, de companys del carrer, de veïns, del col□legi. No sé si és normal o, per contra, els grups que es formen en aquests àmbits prossegueixen per sempre, o almenys més enllà del temps i lloc en què es conforma tal relació social. Encara que jo formés part directa de tot allò, i encara que en el moment en què ocorria no em donés compte del que significava, crec que vaig anar acumulant abandons, pèrdues, trossets de solitud. Em van construir solitari, o ja ho era i per això vaig forjar tants comiats definitius consecutives. I per això no tinc amics de veritat, havent perdut tots aquells imaginats com tinguts al marge de l'hàbitat i conservats una vegada es van superar els entorns en què es van constituir.

Crec en la lleialtat i no la trobo en ningú, no de veritat, o del meu enteniment d'aquesta veritat. Ha de ser la causa última de la meva situació de no-amistat. És més, no tant es tracta de l'absència d'una conducta lleial sinó de la tangible deslleialtat, progressiva i permissiva. Però la vanitat és extraordinària quan un mateix s'examina. En qualsevol cas, la plasticitat sobre la naturalesa humana s'antulla innegable. Entre el bo i el pitjor de l'ésser humà està la conducta que resulta en cada cas concret, que pot ser mal·leable en molt alt grau. És sabut que falten recursos per a resistir a l'autoritat, que com a tal suspèn la moralitat més vegades del que sembla, i salvo per a aquell que posseeix i en la pràctica gaudeix d'un autèntic fre moral s'obre una duplicitat a l'interior humà. En dir de Montaigne feia dubtar del que creem i no ens deixa allunyar-nos d'allò que condemnem.

Em vaig retorçar sobre el sofà i vaig trobar un punt de comoditat per a la meva esquena, mantenint la mirada en el sostre blanc. No fa molt vaig parlar per telèfon amb la meva mare i em va contar que es va trobar amb la mare de Dents grans, a qui durant una bona estona de xerrada no va arribar a reconèixer. Aquella li va explicar de quina manera la seva filla i jo jugàvem de petits, anàvem al cinema, érem amics. Realment pensava el que deia?, un record modificat o el que donava per cert des d'un principi en funció de falsejades informacions de la seva filla? Una tergiversació més que òbvia, a no dubtar-ho. Sempre he sabut de la bona impressió que causo en general, per poc que existeix relació directa, o que obtinc per referències dels qui han tingut aquest tipus de relació. En la majoria de les reunions socials i familiars, sinó en totes, sense ser graciós potser acaba caient en gràcia. No conto acudits però sí que sorgeixen del no-res ocurrències que fan riure o somriure, i el millor de tot, capaces de generar un ambient distès, divertit, agradable. I això que, de principi, la impressió pot ser molt diferent, fins i tot agra i distant. Potser haguessin de conservar-la, bé pogués ser la meva essència.

De totes maneres, es planteja una contradicció. Allò que és essencial, la qual cosa és la cosa que sigui, implica que no canvia, que la seva naturalesa és incòlume, però això resulta impossible en funció de l'evolució. Tot és esdevenir, està en transformació, en canvi continu, lent i imperceptible, però imparable.

Els meus canvis d'humor han generat, certament, alteracions radicals del petit ecosistema social creat, mostrant-me amb això de quina manera era jo i cap dels altres el motor de les bones sensacions, propiciant així l'eliminació absoluta d'aquest bé estar.

Una gaubança addicional en el qual s'incloïa el meu propi càstig.

També és cert que la meva percepció sobre qüestions bàsiques, banals o específicament fonamentals, pot resultar per complet equivocada. Donava per descomptat, per exemple, que anar al cinema pel boca a boca no ho era en funció de la informació subministrada d'un espectador a una altra persona, sinó per l'interès d'una parella a acudir a la fosca sala de projecció en la qual poder besar-se o alguna cosa més.

El Yin i el Yan, Darwin, adaptació, bla, bla, bla, tota aquesta anotació superficial introduït en la pel·lícula de Michael Mann, on el gris de la vestimenta del protagonista es mimetitza amb el color urbà, també sembla un contrasentit. Ho és en la xerrameca del personatge que interpreta Tom Cruise, però pot trobar-se-li una lògica amb probabilitat molt apartada d'aquesta història: l'equilibri que busca la vida contra la mort, perquè cada acte per la vida és un triomf contra la fi.

El Yin i el Yan no són només símbol del bé i del mal, sinó equilibri, necessari, entre l'un i l'un altre, més enllà del simplista plantejament dual que una cosa no pot existir sense l'altra, que no pot comprendre's la llum sense el concepte de foscor. En fi, el característic pensament dualista o binari de l'ésser humà, de fet propi del llenguatge informàtic; potser som un experiment genètic sobre un perfil d'intel□ligència artificial i per això la tendència a pensar com una màquina, amb uns i amb zeros, el blanc o el negre, el sí o el no, el que és bo i el que és dolent.

Es tracta d'una guerra contra la segona llei de la termodinàmica, la llei de l'entropia segons la qual en un sistema tancat l'ordre tendeix al desordre, al caos, a la dissolució, la qual cosa pot equiparar-se a la mort. La vida busca inevitablement l'ordre, l'equilibri, oposant-se a la mort en cadascun dels seus actes de supervivència, on pot interpretar-se l'egoisme connatural de qui evoluciona per a evitar morir, per a adaptar-se a l'entorn i continuar vivint. És sens dubte un punt fonamental del progrés humà. Com ho va ser Copèrnic eliminant a l'home de l'espai central de l'Univers, Darwin el va suprimir del centre de la naturalesa, com un mamífer més evolucionat que uns altres en aconseguir un cert nivell de raciocini. I Freud, més tard, va extirpar la consciència com a centre de l'ésser humà viu. Però aquestes tres fites radicals potser mostren una espècie d'involució, on cada vegada som més petits en importància, en relació amb tota la resta en la fotografia del nostre univers, augmentant el propi relativisme i, amb això, justificant un canvi de paradigma del tot, de principi en el mite, després en els Déus o en el Déu cristià omnipotent i omniscient, després en l'evolució per sobreviure, amb la transformació de l'essència, constant i sense descans, que és clar pugna amb el creacionisme que pretén escapar a través del disseny intel·ligent i similars alternatives de conjunció. Més endavant vindrà el sociologisme, on el contracte social o els convencionalismes ho regeixen tot, però és amb el biologicisme darwinià quan el monisme reduccionista permet que la llei del més fort justifiqui les guerres i el racisme, ni què dir té el masclisme, sense importar la força biològica de l'africà de pell fosca o de la dona enfront de l'home definit per un cromosoma I que en realitat és una X mutilada. L'ètica del gen, la gen-ètica, ha demostrat l'absència de qualsevol base biològica per al racista, però continua sent-ho en qualsevol racisme. A més, els científics semblen coincidir, també, que l'Univers manca d'objectiu, no té un per a què, per la qual cosa de nou la vida es mou a contra corrent, i l'ésser humà en particular persegueix un per a què realment inexistent més enllà de l'ímpetu personal derivat de la convenció moral que per a res serveix al racista, al masclista, a l'assassí, al violador, a l'home dolent.

40.

Què més dona, és l'excusa del subjecte covard, del miserable, i és un error pensar en la naturalesa bondadosa de la dona o de les equivocadament anomenades “races” no blanques. Dit d'una altra manera, una dona amb poder és bona perquè és dona, o una persona negra, o un home pobre, són bons per l'ètnia a la qual pertanyen o la riquesa de la qual manquen. En absolut. L'essència, fins i tot en evolució, i que així suprimeix la definició clàssica de si mateixa, és quant a l'ésser humà, sotmès al gen egoista característic del biologisme sempre present, per a tots igual. Per molt de victimisme que vulgui incorporar-se a cadascun dels perfils per a actejustificar el que fora. D'aquí ve que en el fons jo mateix em justifiqui contra qualsevol mal que pateixi l'ésser humà, encara que es dirigeixi a una individualitat que no hagi fet gens dolent. Però el suposat monisme no evita la dual perspectiva del meu pensament, on l'amor, el valor de la Humanitat i la felicitat mundana i linealment eterna cobren força interior, i motivació.

Potser és en aquest i no un altre context en el qual sorgeix una enorme tristesa que projecte cap als altres, veient la fi irremeiable i desastrosa de les espècies i un renéixer del planeta sense presència humana. Aquest humà que és un virus destructiu que tot l'envileix. Qui sigui; com diuen els francesos, millor un estrany que un conegut.

Recordo un nen d'uns vuit anys. Estava amb el seu pare, mirant pel□lícules per a comprar. El pare li assenyalava l'una o l'altra i ell mostrava el seu interès amb una frase o un somriure, però al temps es referia a un altre nen, amb el qual anava a quedar, i als gustos d'aquell. No sé si li agradarà, deia. Em va donar la sensació que buscava complaure-ho més enllà del seu propi desig, perquè a través de les pel□lícules li agradés. No era, ni molt menys, desesperació, però sí afany d'estar bé per ser estimat. Això era el que més li importava de la presumible trobada entre tots dos. El pare li va dir el que li hauria dit jo, que busqués la pel□lícula que li agradés a ell, que probablement així li semblaria igualment bé a l'altre, però que almenys assegurava la seva pròpia diversió. D'alguna manera transmetia la seva autonomia, la seva evitació de dependència, i vaig intuir que l'altre, un amic o un familiar, era una atracció per al nen, li volia caure bé, ser acceptat costi el que costi, mentre que envers ell no es gaudia una mateixa reciprocitat, el similar interès; per consegüent, tots els anhels del petit es dirigien cap al no-res, darrere del desagraït i indiferent. Era trist. Per a mi almenys. Encara que l'escenari s'articulava en la meva ment com una simple elucubració. Potser eren grans amics i solament es tractava d'una projecció del meu pesar cap a qualsevol persona i tota situació. El propi estat d'ànim sol ser bàsic per a interpretar el que ens envolta, tant situacional com personal.

Dirigir les pròpies emocions constitueix una clau magna per al pany del món interior que es desplega a l'exterior. La concatenació és irremeiable, però el més important consisteix en la capacitat de control, i per a això s'ha d'implicar el coneixement. S'ha de ser conscient no sols del que un sent sinó de com el sentiment afecta a tota la resta que envolta a l'individu, fins i tot d'on prové concretament el sentir i com propiciar aquest origen o eludir-lo.

41.

Vaig decidir sortir de nou al carrer, però encara vaig romandre sobre el còmode sofà fixant la mirada en el meu sostre en blanc. Desitjava que fos el meu mirall, el reflex d'una ment relaxada, dejuna de tota preocupació que per a això exigeix estar alliberada de qualsevol informació si no se sap gestionar la que es té com a aigua relliscant sobre la pedra.

Demà tornarien i deixaria d'estar sol, havia d'aprofitar-ho. Ja era un profit la tranquil·litat de la meva solitud connectada al sostre. És cert. Pensava. I vaig pensar en els veïns que tenien una gossa adoptada, negra, petita i nerviosa, de llarg musell i orelles, bordant sempre que tenia oportunitat, per por suposo, a la defensiva, molt inquieta, i molesta. Rondant en el replà en coincidir a vegades, però amb la prudència de no acostar-se massa. Imaginava que s'introduïa a l'ascensor, presa del seu nerviosisme, sola, per error, amb mi ja dins, i, el més important, que els seus amos no s'adonaven del que havia passat, pensant que la seva mascota estava en l'habitatge i no havent-me vist ningú. Tancades les portes de l'ascensor, per sorpresa per a l'animal, vacil□lant i sense saber què fer, de sobte deixaria de bordar i la seva cua es col□locaria igual de ràpid entre les seves potes posteriors, absolutament plegades, mostrant una ansietat que arribaria en segons al terror més irracional.

El condicional va desaparèixer per la força de la meva imaginació. Era a l'ascensor amb la gossa. Conscient de la meva presència silenciosa ni em mira, encara que les seves celles s'aixequen alternativament, d'un costat a un altre, corrent la vista arran de terra a la recerca d'una sortida impossible. Recollida, acovardida, en un extrem, en el racó contrari a la porta. Noto com comencen a tremolar-li les quatre extremitats fins que un petit riu de pixum rega les posteriors arribant a formar un petit toll. La seva diminuta ment només sent la calor incomprensible de l'horror sobre una cosa desconeguda en contra seva, sigui el que sigui. Potser pressent a un depredador mortal. La gaubança és elixir, sobretot en imaginar que la gossa sap que alguna cosa aguaita. I aquí està, com a botí per als meus sentits insans. A la meva mercè.

El meu cor va acabar per accelerar-se en gran manera i vaig posar fi a l'ensomni amb alt grau de frustració; el malestar propi de saber que mai es produiria una situació així, no almenys per casualitat. A continuació em vaig incorporar, faltaven algunes hores per a preparar-me alguna cosa de menjar, així que em vaig calçar. Ja estava vestit. Vaig prendre les claus i vaig sortir al replà. A través de la porta del meu veí vaig sentir les potes ossudes de la gossa aproximar-se a la carrera a la porta de l'habitatge dels seus amos. El seu acostumat lladruc li va seguir immediatament. No hi havia ningú en el pis excepte la mascota. Vaig baixar a l'ascensor tornant a imaginar la seva fuita i reprenent plaents sensacions, encara que només per un moment. Al carrer vaig prendre camí cap a la mar, mirant cap a on sortia i no a l'inrevés, com no obstant això fa més gent de la que es creu, per il□lògic que sembli actuar d'aquesta manera.

A penes transeünts per les voreres, assolellat el cel sobre el meu cos però sense tot just calor en l'ambient. L'acumulació de cotxes en les calçades i les portes dels aparcaments en els edificis que, al seu torn, inferien subterranis plens de vehicles, em feien recordar aquestes pel□lícules nord-americanes on s'aparca en l'entrada d'un jardí, amb una casa als quatre vents i enorme pati posterior, soterrani ampli i diverses plantes. No tant aquestes gegantesques superfícies residencials, on tens llarga entrada de ciment i igual possibilitat d'estacionar en les amples voreres que es prolonguen al llarg de vint metres o més de façana del terreny de cadascú, sinó d'habitatges unifamiliars en una localitat petita, en la qual fins i tot pugui caminar-se fins al centro en cosa de pocs minuts. Arribar i deixar el cotxe sense més suposaria un plaer indescriptible en aquest minut, encara que també m'atreu un lloc per a viure que ofereixi la possibilitat de si més no tenir necessitat de conduir. En realitat odio fer-ho, bé probablement perquè em repugnen els conductors, la immensa majoria infractors indiferents, molts reflex de la incompetència més absoluta, subjectes impossibles d'imaginar aprovant en un examen de trànsit, no pocs orgullosos de maniobres que si més no saben incorrectes o no els importa en gens ni mica. Impenitents tots. Odi als quals parlen per telèfon mentre desacceleren sense tot just adonar-se, encara que recordo ara una dona que va conduir a cent vint quilòmetres per hora amb una sola mà al volant durant uns quinze minuts d'autopista, amb canvis de carril i parlant com una cotorra subjectant l'aparell amb la seva dreta. Em revolten els que exigeixen que els cedeixis el pas per a incorporar-se a una carretera o desviament, quan són ells els qui tenen marcada el senyal que obliga a cedir; al qual estaciona obstaculitzant o es per a i dona per descomptat que hagis d'esperar-te mentre treu embalums o parloteja un llarg comiat amb els qui s'han baixat del vehicle. I odi als qui maniobren sense indicar-lo amb el degut intermitent, encara que potser em repugnen encara més aquells subjectes que accionen l'intermitent quan ja està efectuada o efectuant-se la maniobra que havien d'advertir per endavant i per consegüent de res serveix tal senyal lluminós, excepte per interpretar-la com una espècie de burla. Els destrossaria a tots, però amb el cotxe pel mig en les seves accions o omissions potser em sadollaria amb la destrucció de la màquina, sinistre total. Imagino estar al volant d'una atrotinada camioneta enorme, amb una biga de ferro per para-xocs davanter, i destrossar portes, laterals i el que fora en el moment de la seva infracció.

Caminava entre els meus pensaments i els murs de formigó alçats pertot arreu, amb centenars de finestres i balcons, tancats, oberts, de cristall i fusta, de metall i persianes plàstiques, amb o sense tests de flors vermelles, blanques i grogues. Llengües de paviment i asfalt, tones de lloses sobre ciment inundant la terra oberta a petits quadrats de vida per al créixer dels arbres que cobreixen el cel urbà dels carrers alçant-se amb verds clars i foscos. Baranes de metall i papereres de ferro pintades de negre, bancs de pedra o de gruixuts llistons de fusta, en general pintats i esgarrapats, com les portes de garatge i trossos de façana gargotejats per grafiters nocius i indiferents a l'aliè. Burilles per onsevulla, restes de caramels i petits papers arrugats reguen el sòl pertot arreu, sense importar que al costat mateix es trobin papereres i contenidors d'escombraries perquè la gent no repara en això en distribuir generosament la seva porqueria. Una agressió constant a tot i a tots que repercuteix en el propi agressor, que ni s'adona o no vol ferho.

La superlativa ignorància, deliberada en més ocasions de les que pogués imaginar-se, reina proveïda d'entropia. El pretès ordre a les botigues de comestibles i electrodomèstics que s'estenen a un costat i un altre, entre els portals d'habitatges, mostra múltiples il□lusions de realització incerta, les d'aquells emprenedors que elaboren un pla de negoci, sol□liciten préstecs i aboquen els seus estalvis o els d'uns altres, reunits i familiars, el seu temps i la seva vida, en l'esperança de guanyar més diners del que com a assalariat podrien obtenir si és que alguna vegada van aconseguir ser empleats dignes. En la immensa majoria de les ocasions no és així, perquè el temps dedicat i no cobrat per treballar bé pot superar qualsevol lògica d'inversió. Convertits en esclaus de si mateixos, o endeutats més i més, afronten conscient o inconscientment a l'empleat o empleats, si tenen, que al seu torn es consideren explotats, amb el seu horari tancat i sense preocupacions intrínseques del negoci. Però tampoc falten les misèries de l'ocupador, que esgarrapa uns euros pagant en negre una part del sou del seu assalariat, imposant horaris estranys o beneficis insuficients, tractes personals exigents o innecessaris. Cobrar salari sense declarar no deixa de ser un immediat benefici per a l'empleat, qui més endavant podrà queixar-se si sofreix una successió d'empresa en la qual no pugui reclamar el compliment dels pagaments en negre però que mentre els rep suprimeix impostos, i tot aquest marge furtat a l'erari públic es converteix net per a ell, de la mateixa manera que reduir al màxim les contribucions al servei públic del seu propi futur afavoreixen el moment actual, perquè més es cobra, mentre que a l'hora de jubilar-se el cotitzat serà molt menys del que podria haver estat, i queixen llavors sobre les diferències amb altres jubilats que van cobrar menys cada mes perquè van contribuir més per al seu avenir. En l'actualitat de qui ja no treballa ni cotitza no li importa en gens ni mica el passat sinó el que presencien com a injusta desigualtat enfront dels quals durant anys i a diferència d'ells van cotitzar més, perquè res van cobrar sense declarar-ho al fisc.

Lluny queda la teoria dels llibres de text sobre ètica i moral, i cada vegada més a prop l'ànsia de castigar, la venjança genèrica com a font de satisfacció, contra el qual tira al sòl la cel·lofana del paquet de tabac, l'embolcall del xiclet, les peles de les pipes que va consumint, el que no recull l'excrement del seu gos o deixa que orini en papereres, fanals i façanes, el que barreja plàstics i vidres, el que no paga impostos, el que paga i cobra en submergida economia, el professional que no cobra IVA, el policia que fa els ulls grossos, el que es passa en vermell un semàfor perquè no creua ningú, el ciclista veloç que mira el trànsit i no els senyals de trànsit que també hagués de complir, o que no es deté quan circula per la vorera ni amb vianants a menys d'un metre pertot arreu, o que creua circulant en la seva bici els passos de vianants, el fumador perquè fuma, el que mira fixament a qui passa al seu costat, el que es queixa, el que se sent desgraciat, el que camina content, el que roba, el que insulta, el que mata, el que viola, el que respira i el que tus, el que mira i el que parla.

Tots necessitem veure la procedència del càstig en l'altre, i molt més aconseguir-lo efectivament. I tots hem de ser castigats. Pel que fem i pel que no fem, per la qual cosa hauríem d'haver fet i fins pel que pensem.

Estava arribant a la línia del litoral marítim. Els buits aeris s'espaiaven i semblava que l'aire també, però no feia olor diferent. La pol·lució era la mateixa, pròpia d'una atmosfera oprimida que en la nit cega la visió de les estrelles en el firmament. Vaig travessar a poc a poc la carretera de quatre carrils que circumda la ciutat caminant sobre la superfície construïda damunt, amb gespa a banda i banda, arbres i estructures tubulars per a jocs, amb gronxadors i tobogans buits. Ja veia el contorn blau, després la sorra que com un testimoni silenciós durant anys, decennis o segles, en realitat feta callar des de la seva creació, rebia sense remei les ones incessants, que parlaven entre si en trencar-se una vegada i una altra en cicle infinit, davant aquesta muda i soferta platja impassible, resignada davant l'aigua que la mullava sense treva, el salnitre que es desprenia del líquid marí, el sol i el vent, també la pluja. Vaig arribar a trepitjar-la com a milions de persones abans que jo, caminant amb tempto i asseient-me amb cura a diversos metres de la riba. Ningú hi havia a la platja, alguns individus caminaven pel passeig adjacent, dos o tres corrent vestits amb roba esportiva, ningú en la mar, ni una embarcació en la superfície, ni una persona en els espigons artificials de roques absents, allí dipositades amb grues per a no tornar a moure's mai. Al fons l'horitzó clar.

Em vaig adonar de com una dona jove, atractiva, de pronunciades corbes siluetades per una faldilla blanca fins a mitja cuixa i una brusa folgada de rosa xiclet, estenia la seva mà dreta i estrenyia l'aire, adonant-se que el seu amic o parella s'havia detingut pocs metres enrere. Vaig recordar com una vegada, mirant llibres en una botiga, vaig notar una mà en la natja esquerra, una suau carícia des de baix fins dalt, i en girar-me lentament, exterior conducta pròpia que em va estranyar de veritat, perquè en el fons estava sobresaltat, va ser coincidir en la mirada d'una dona jove, atractiva, que alçava la vista cap a mi amb tota naturalitat i afecte, per a immediatament enrojolar-se al voltant dels seus grans i càlids ulls i balbotejar una disculpa gairebé inaudible. S'havia confós de persona mentre mirava llibres com jo. El seu amic o parella es trobava a diversos metres de distància. Ignoro si li ho explicaria o no. Es va reunir amb ell i es van perdre de vista. Des del meu punt de vista em va saber a molt poc, anant-se així, sense més. Crec que jo vaig respondre alguna cosa així com “no importa” i aquí va acabar tot, excepte per una sensació d'autèntic plaer, sexual, fins i tot puntual i momentània. Ara mateix penso en quin hauria ocorregut de ser jo el que, per error, li toqués el cul a una dona mirant llibres en una botiga. Dubto prou bé que s'hagués resolt com es va resoldre el meu exemple, fins i tot hagués estat possible la denúncia per abús sexual i acabar assegut en el banc dels acusats davant peticions de presó i una indemnització per danys morals de diversos milers d'euros. El masclisme no sols és perjudicial a la dona, sembla ser, la qual cosa al cap desdibuixa conceptualment la seva pretensió crítica de naixement. O no. Imagino ara la mirada crítica de qualsevol, prejutjant la meva acció si hagués estat jo el que toqués d'aquesta manera i desitjant arruïnar-me la vida per això.

42.

Una vegada, en el metre, pel moviment dels més que sovint negligents conductors en les mans dels quals ens col□loca el sistema de transports metropolità, va caure en la meva falda, tal qual, una jove ufanosa de carns atapeïdes. Vaig notar el seu darrere amb detall, i en aixecar-se ràpidament, no sé si excusant-se o simplement avergonyida, vaig assenyalar amb un escarit i resolt "és un plaer", mentre el vagó continuava donant bandades. Els empleats de metre en general es desconnecten del passatge, com els de les taquilles, que ara a penes venen bitllets pel generalitzat ús de targetes que a més es compren en màquines automatitzades. I crec que tenen un plus per treballar sota terra, i un conveni que els permet la jubilació al cent per cent quan compleixen els seixanta anys, més de dotze anys abans del que em tocarà a mi. Però els conductors són els pitjors. Començant per incomplir les pròpies normes que regeixen en el seu servei, accionant el senyal acústic que prohibeix entrar i sortir dels vagons quan a penes van obrir les portes i encara hi ha gent sortint de l'interior, sembla que transportin bestiar o mercaderies, aliens a les persones individuals que així es transformen en mers embalums i de les quals són responsables, indiferència que també mostren quan entaulen conversa amb altres companys de treball que entren i surten de la cabina de comandaments per a no transportar-se amb la mercaderia. Són d'un altre nivell. Ni què dir té quan parlen alegrement amb empleats del mateix metre que es troben en l'andana. Potser es tracta de segons, deu o vint, però es fan eterns quan hi ha pressa i veus les portes obertes dels vagons, i centenars de passatgers callats i resignats, com sempre. Si no és així, i excepte el vermell semafòric que els pot tenir paralitzats en una estació, la seva vida és obrir i tancar portes el més ràpid que puguin i avançar amb arrencades i frenades a cops i estrebades. En fi, tot el que serveixi per a equiparar el metre amb un vagó de la bruixa d'allò més tirat en una atracció firaire del poble. Entraria en la cabina i castigaria el conductor per tal indiferència. I que sabés per què.

Ara em recordo d'un viatge curt en ferrocarril, a l'anada havia al·lucinat amb un oncle assegut enfront de mi, de mitjana edat, que es furgava amb fruïció inusitada els nassos. Davant de tots, una i una altra fossa nasal era perforada fins al fons. Semblava alliè al públic, i introduïa amb força el seu dit índex, a un costat i a l'altre, no me'l podia creure. Per a acabar es va mirar el dit, per sort no hi havia restes mocoses de cap mena, però hauria faltat que li ho fiqués en la boca. Vaig tenir unes ganes enormes d'anomenar-li porc i ordenar-li que reservés a la intimitat les seves aficions. A la volta llegia i vaig alçar la vista de manera imprevista per a trobar la mirada fixa en mi d'una noia jove. Immediatament es va posar molt acolorida, i per a alleugerir-li el desassossec li vaig preguntar si m'estava mirant la corbata. Em va dir que sí, i llavors li vaig preguntar si li agradava, responent-me llavors que no. En aquest punt podria haver-li dit que a mi tampoc, fins i tot treure-me-la, la corbata. Pot ser que la conversa hagués seguit amb millors resultats, podíem haver-nos conegut, qui sap, no era lletja. Però no vaig fer tal cosa, sinó que li vaig explicar no sé quins rotllos de les mirades fixes, el perilloses que són en la presó, per exemple, enllaçant-ho ràpidament amb el comportament animal, els estudis en goril□les i altres floretes de conversa. El meu propi to va canviar com per a dir-li que haver-me mirat fixament vaig estar mal. En realitat em va asseure malament que després d'enxampar-la mirant-me no fos més oberta o simpàtica, per això vaig desaprofitar un inici espontani que podria haver-me connectat amb ella. La seva vermellor ja havia desaparegut, igual que la seva falta o dificultat de componiment inicial. Va assentir després de preguntar-me retòricament si tot això era cert, la qual cosa de fet va generar la meva ampliació informativa fins als goril□les. I aquí va acabar la conversa per part meva, sense fomentar rèplica en ella, tornant la meva vista a la lectura i sense recordar ara si em vaig acomiadar d'alguna manera quan arribem a destí. Crec que no.

Em pregunto quina és la distància entre la malaltia, vinculada a la desmoralització com a incapacitat o millor inexistència del cervell moral, i la maldat, com a voluntat de fer l'immoral, com la regla convencional incomplerta, una vegada edificada amb solidesa sobre una ètica de la vida. En la segona es troba la responsabilitat, no sols criminal; en la primera no cap el càstig social, perquè no es tractaria, senzillament, d'un acte humà voluntari. En aquest sentit és conegut el cas de Phineas Cage, que després d'un accident cridat a matar-lo va sobreviure després de perdre bona part del cervell per la perforació d'una barra de ferro travessada en el crani, canviant la seva manera de ser per sempre durant els trenta-cinc anys que aproximadament va continuar vivint. Molts científics es recolzen en aquest exemple per a desenvolupar les seves tesis o introduir-les. Em recordo del llibre del portuguès Antonio R. Damasio, qui va discórrer que Descartes va errar en la màxima del “pinso, després existeixo”, perquè primer és el cos, en particular el cervell, sense el qual no pot pensar-se. A partir d'aquí desenvolupa la hipòtesi del marcador somàtic i com el cos i la ment són un, sense que puguin escindir-se en l'actuar de l'ésser humà.

Però, i si tot fos materialisme eliminatori? Com si els desitjos i les emocions s'identifiquessin amb la psicologia popular més enllà de l'existència, de l'ésser, on el cos i la naturalesa vencessin a la regla de Ricoeur, i el pensament sorgís del cervell com la bilis el fa de la vesícula biliar. Estic buscant justificacions? No soc Phineas i el meu cervell no ha sofert trauma cap, soc l'home neuronal per excel·lència. O potser no ho sé i tinc una part dels meus enllaços neuronals degradada o el que sigui. Com anava a saber-ho? Tinc empatia, crec, i tot allò que se suposa forma part del que permet la vivència moral és palesa en la meva autoconsciència, per la qual cosa jo estaria en els marges del subjecte responsable, no en el món del malalt. A més, una altra característica pròpia és el control de la violència que crema en el meu interior, i els frens inhibitoris funcionen a la perfecció. De no ser així estaria carregant-me a conductors de metre, dos per dia com a mínim, a l'anada i a la volta del treball. Potser decidiria no frenar-me, decidiria, voluntària i clarament, deslligar la violència que sento créixer dins de mi davant el pensament de determinats escenaris relacionals. Els suports neurals de la raó funcionen correctament, doncs, i crec que podran dirigir-se a la mort de l'altre, encara que fins ara s'hagin limitat a petites mascotes indefenses.

Però és que en la indefensió del contrari i el meu control absolut sobre ell resideix el meu anhel més íntim, no en la mort. O potser no aconsegueixo la percepció del Tànatos en l'altre, com a sublimació de la desitjada indefensió de l'alteritat. En el paradigma psico-dinàmic freudià la pulsió de mort es reflecteix en l'agressivitat cap als altres o cap a un mateix, la destrucció, sense oblidar que la libido enllaça amb l'anterior en tant la pulsió de vida o el eros conforma el nucli de l'energia vital i de la vida psíquica en general. Totes dues pulsions apareixen contraposades en la teoria però esdevenen intrínsecament vinculades, encara que el principi del plaer guia al eros i el principi de dissolució típic del Nirvana és l'horitzó del Tànatos, el déu bessó de Hipnos, deïtat del somni, aconseguint plaer no a resoldre conflictes sinó a trobar el plaent amb tornar al no-res, reduir i eliminar l'excitació. La unió i la desunió que no obstant això interactuen com els pols oposats. Totes dues necessàries, i per a la supervivència. És la pulsió de mort, per exemple, que permet no identificar-se psíquicament amb els objectes mantenint la individualitat, per molt que també connecti en manera irremeiable amb la culpabilitat, mentre que el seu reflex de repòs i retorn a una situació basal no deixa de ser el que ocorre quan mitjançant la pulsió de vida s'arriba a l'orgasme, el clímax de la descàrrega per satisfacció sexual i eròtica. De fet, J. Lacan va estudiar de quina manera la venjança o el sadisme, el sofriment en general, d'un mateix o d'un altre, poden portar la satisfacció pesi al desplaer que en principi il□luminen, d'aquí ve que la pulsió de la mort es nuï al gaudi, a aquest principi del plaer rector de la pulsió de vida.

43.

Tinc un somni recurrent. Estic en una escola, ja per a majors, adults joves, a manera d'una última etapa de formació per a trobar una bona feina. Els exàmens finals s'aproximen i hi ha multitud de matèries que no he repassat, de les quals parant-me a pensar no sé absolutament res. Crec que podré estudiar prou en la majoria dels casos, quan arribi el moment, pocs dies abans, però en un parell d'assignatures, precisament les que vaig repassant segons la meva memòria en aquest somni, a penes recordo res, i això genera una cada vegada més forta angoixa davant el fracàs imminent. Em sobrepassa la por, total, quan adverteixo que el meu record dels repassos és gairebé nul. Sofreixo petites variacions d'aquest somni, però sempre giren entorn del vol de la seguretat, la inquietud aclaparadora d'un avenir on tot l'esforç per a arribar a un determinat punt existencial s'enfonsa sense remei. No sé res, i ja no hi ha temps per a corregir la no sé què falta de previsió haguda. Quan era petit, en puntuals ocasions somiava amb arribar tard a l'inici de les classes. En realitat es tractava d'arribar a temps al pati del col·legi, que obria les seves portes de metall reixat poc abans de les nou del matí, per a gairebé sempre a l'hora en punt tancar-les sense remei, convertint-se en un recinte gens envejable a una presó inexpugnable. En el meu desesper corria escales avall, però em donava compte que faltava el calçat als meus peus, o alguna peça de roba, o sobretot llibres i útils d'estudi, que així recollia precipitadament, tornant per a fer-ho. El temps avançava, i jo no parava de recollir i recollir coses i més coses perquè vinguessin amb mi, tornant novament. Cada vegada era més angoixant poder arribar i cada vegada anava a arribar encara més tard perquè no parava de completar el necessari per al meu curt viatge. Al final solia despertar-me, molt nerviós, però se'm passava de seguida. Vaig tenir aquest somni de menut i també quan era adolescent, crec, però sobretot ara.

Despert adonant-me que ja no haig d'estudiar més. Em costa una mica, no és immediat, però vaig tranquil·litzant-me en pensar que ja vaig superar totes les proves. Va acabar per complet el sotmetre's a més exàmens i controls. La sensació no resulta menys pertorbadora per això, la inquietud roman durant bastant temps i és molt negativa. No és una expectació desitjada, per descomptat, sinó del no saber què poder fer. D'una fita sense marxa enrere. La satisfacció d'adonar-me de la realitat únicament es viu un instant, però no apaivaga el neguit d'aquest altre sentiment negatiu que es transforma, fins i tot per breu temps, en una cosa física, en una emoció punxant, que penetra sense pietat i desequilibra.

Percebo l'angoixa quan amb uns deu anys d'edat estava assegut davant una taula en el bar de la vorera de casa. Sent del barri sembla que podíem asseure'ns sense més, sense prendre res. M'acompanyaven al voltant de la mateixa taula diversos amics de la porteria del costat, però també un noi una mica major, que tenia dos germans, un més petit que jo amb qui tampoc tenia massa relació encara que a vegades s'unia al grup per a jugar. Aquest major era un abusador, i va voler que m'anés, no sé per què. M'ho va dir i jo no vaig acceptar, sense contestar-li. Ho vaig apartar de la meva vista passant-ho per alt, i llavors va començar a escopir cap a mi. No semblava que volgués donar-me sinó espantar-me, i les seves salivades van impactar per dues vegades a prop, en el respatller d'una cadira desocupada a la meva dreta. No sé què hauria passat si m'hagués escopit, però no em vaig moure, no podia anar-me reconeixent així la meva covardia. Tenia por però havia de quedar-me allí per a no semblar un covard. De fet, al no anar-me crec que vaig demostrar que no ho era, perquè por tenia. Ignoro qui em va cridar, a més de trenta metres, prop del portal de la meva casa, potser la meva mare o el meu pare. I vaig imaginar que van veure l'escena i per això em van voler treure d'allí. O alguna situació estranya van intuir. Naturalment vaig aprofitar per a anar-me, com a bon fill obedient. Si hagués estat el meu germà les coses s'haurien posat molt lletges per a l'abusador escopidor, però ell no estava per a defensar-me. Era lleig, malgirbat i una cosa grossa, ho vaig odiar a mort durant moltíssim temps.

En aquest mateix lloc, alguna cosa més prop de la façana, record que sent una mica més major em vaig enfrontar a un company de col□legi que allí vivia, germà bessó amb la mateixa edat que jo, ell bru i el seu germà ros, qui per cert va morir als vint-i-tants no sé de què. Pot ser que per un tumor en el front. Des de nen mostrava en l'entrecella una pronunciada protuberància, però allí es va mantenir sempre. Tampoc em recordo del motiu de la discussió, però sí de la meva determinació, cara a cara, després de rebre un impacte en el coll o en l'espatlla de la seva mà oberta. Em vaig quedar allí, ofensiu, i això que davant ell em considerava físicament inferior. En aquesta ocasió no es va tractar de fer-me el valent sense ser-ho, perquè no hi havia públic cap, almenys que m'interessés. Ni de demostrar-li-ho a ell o al meu fur intern. Era conscient, o així ho creia llavors, que en un cos a cos seria vençut, però em vaig mantenir perquè sí fins que una noia, major que nosaltres, es va acostar assotada i una mica indignada per veure'ns enfrontats. Potser ens coneixia del barri, de vista, o d'aquest mateix carrer, o li conegués a ell. Es va enfadar una mica amb nosaltres pel que fèiem, ens va renyar fins i tot. I per descomptat ens va separar. Cadascun es va anar pel seu costat i ara no sé si va durar molt el nostre empipament. Va haver-hi distanciament, ens vam tornar a parlar alguna vegada més, però tampoc havíem estat grans companys de jocs malgrat la proximitat de les nostres llars i assistir junts a la catequesi prèvia a la primera comunió. No em vaig sentir particularment mal amb mi mateix, a diferència del que sí que vaig sofrir amb aquell que escopia amb els seus cabells negres, laci i d'aspecte greixós, entrat en quilos de maldat gratuïta, generant sentiments d'aversió i venjança que espero que fructifiquessin contra ell des de qualsevol angle de la previsible vida que li va esperar. Era un noi molt poc atractiu que continuava igual o pitjor quan anys després va mantenir el seu quefer en aquest barri dels afores, ja havent-me marxat jo de tal marginat lloc en aquest llavors, i que en l'actualitat es troba en pitjor situació.

L'amo del bar immediatament contigu a la porteria de casa, el que tenia entrada pel meu propi portal, va acabar venent-lo a aquest de les cadires buides on el tipus imbècil em volia tirar amb la seva saliva, i el fill de l'amo d'aquest primer bar després venut, una mica major que jo, crec que es va enfrontar amb mi una vegada, amb motiu d'una pilota de plàstic amb la qual jo jugava davant de la façana, sota el balcó de casa. La veritat és que no sé molt bé què va poder ocórrer. No arribem a les mans però sí que recordo bé que es burlava de mi i que en una ocasió, estant distret en la vorera, el seu pare va tocar el clàxon tenint el cotxe aparcat amb el seu fill al costat d'ell, assegut en el seient del copilot. Pel que sembla ja s'anaven després d'haver tancat el seu local. Jo deguí fer un salt o sobresaltar-me ostensiblement, mirant cap a l'origen del soroll, veient com tots dos reien davant la meva reacció. reien de mi, en qualsevol cas. Em vaig sentir humiliat per res i els vaig odiar als dos, encara que amb el seu pare no havia tingut cap mena de conflicte; és més, en diverses ocasions em va retornar la pilota quan es colava en el sostre del seu bar. Mai vaig poder venjar-me, ni del fill ni del riure d'aquest pare que degué rebre històries d'aquell sobre mi. Ho vaig desitjar castigar un breu temps, possiblement amb levitat.

No oblido mai, però les meves ànsies de venjança no solen prolongar-se molt temps. Per sort aquests del bar es van anar d'allí i no els vaig tornar a veure mai més. Davant del seu establiment hi havia una estructura de barres tubulars instal·lada per a col·locar tendals que, quan els recollien, servia per a penjar-nos com a bufons, agarrant les peces horitzontals, a poc més de dos metres del sòl, intentant grimpar o fer el pi.

44.

El sostre celeste s'havia ennuvolat, només una mica. Embolicat en aquests pensaments vaig anar sentint-me com el cel sense sol ni núvols blancs, desgraciat a la manera d'un gris plomís, ultratjat injustament per ser injust el sofert, sense sentit ni raó, i per ser injust que cap de tots aquests protagonistes de les meves desgràcies, fins i tot puntuals, on no incloc al germà bessó de cabells foscos, arribés a ser castigat pel que em va fer. Vaig caminar de retorn a casa amb pas molt lent i pensament efervescent.

Vaig recordar l'efecte miraculós de la postura per a enfrontar les emocions negatives, per a començar un caminar alçat, cap alt, mirada al capdavant. Potser els militars coneixen bé aquest tipus de coses i per això és així com desfilen.

Es tracta de l'anomenat pensament corporal. De l'anglès literal seria cognició encarnada, que s'explica a partir de la relació entre la posició del nostre cos i la manera d'interpretar i sentir emocions. Suprimint el fàstic com a emoció, o millor incloent-lo en la ràbia, són quatre amb aquesta, juntament amb l'alegria, la tristesa i la por. L'alegre es vincula al moviment cap amunt, mentre que la direcció del moviment contrari no és foguerada sinó que va de baixada, és el trista, estar enfonsat. El moviment cap endarrere i el moviment cap endavant mostren la postura del temor i de l'agressiu, que no violento sinó de l'anar cap al front, no en va prové del terme llatí original. Els autors especialitzats en aquesta matèria assenyalen que alçat podràs triar idees positives mentre que encorbat serà el contrari: et vindran amb facilitat les idees negatives. Coses així.

Però sovint m'ocorre que en un segon pla em trobo a gust, busco i mantinc ànims lúgubres per a pensar i sentir en un context infaust, i aquest era el cas en tal moment.

Vaig mirar voltant i vaig observar a la gent. Vaig pensar que tothom ocultava males accions. D'un tipus o d'un altre havia fet una cosa dolenta i havia sortit impune. D'aquesta manera vaig concloure en què qualsevol mereixeria un càstig si pogués donar-l'hi, encara que ignorava quin nivell de criminalitat atribuir-li. Des d'infringir normes de trànsit d'ínfima importància o tirar embolcalls de caramels al sòl fins a abusar d'un menor o matar a algú s'estén i ramifica un món enorme de càstigs i penes.

Fa a penes cinc dies, mentre aixecava pesos sobre un banc inclinat durant la meva rutina esportiva, al mateix temps que escoltava una conferència poc interessant sobre economia, anomenada del bé comú, a càrrec d'un tal Christian Felber, vaig pensar en la meva mort i en què res existeix després que un mori. Per descomptat no per a ell, però tampoc en entorn des de la seva pròpia perspectiva, ja inexistent. Un profund pesar es va centrar en el meu estómac en concebre que cap dels meus familiars més volguts, mort o per morir, podria ser alguna cosa després, i que jo, en morir, no sols perdria la vida, sinó tota consciència de l'existent, de la realitat, de la memòria, del viscut. No hi havia futur, i el present es representava extremadament curt. Encara que anessin cent anys, al saber que després no existeix res es mostra una finitud incompatible amb la consciència de la meva pròpia realitat, amb el pensament del meu jo. Existeixo, soc una entitat, em significo i m'interpreto com una identitat singular, pròpia, no puc deslligar-me de mi mateix, que tothom i la vida té sentit amb mi en ella, i que sense mi res val. Perquè encara que es mantingui la viabilitat del planeta Terra i la Humanitat més enllà dels cinc mil milions d'anys que han calculat falten per a l'extinció del sol, una petita estrella en aquest univers que escalfa i propícia vida, tant jo com tots els meus no haurien deixat cap rastre, per la qual cosa sense l'eternitat divina a disposició, esfumar-se per complet és perdre més que tot. No sempre aconsegueixo en la meva ment el contingut autèntic de la inexistència, però quan el faig és aterridor; em sobrevé una angoixa radical que, per sort, dura poc, suposo que en funció dels mecanismes de defensa i els meus anys de perfeccionament en les tècniques cognoscitives de control de les pors irracionals. Certament aquest contacte amb l'essència de la idea de l'inexistent sol ser efímer. No obstant això l'altre dia va durar prou, potser un parell de minuts, però ja va ser més que bastant. Potser per tal motiu vaig poder arrepapar-me en el desamor que generava, i per primera vegada en la meva vida el temor digui's conceptual, ja fins i tot acomodat, es va convertir en una por cada vegada més intens, després en pànic, una paüra incommensurable que va transcendir la pena per mi mateix, la meva autocompassió, i la que mereixien els qui havia volgut, ja en aquesta posició d'abandó, resultant-los absolutament inservibles els meus propis records de les seves vides. No existien. Tot va confluir en una veritable i insuportable desesperació. I vaig plorar amb amargor, vaig plorar com mai havia plorat. Va ser una experiència molt curta durada potser explicable per resultar en excés intensa. La meva ment va abandonar involuntàriament aquest atzucac. De gairell van aparèixer ímpetus de fe, la temptació de bolcar-me en alguna religió que m'acollís, que m'expliqués, que respongués amb suficiència, però no va passar molt de temps perquè aquest tipus d'idees anessin esvaint-se, i això que anhelava de bo de bo poder creure.

A vegades em pregunto sobre l'abans, perquè només des de néixer s'existeix, i fins i tot després de fer-ho es triguen anys a prendre consciència d'aquesta existència. La qüestió és que la inexistència en cadascun de nosaltres va ser incontestable sense nosaltres, podria dir-se que des de l'eternitat, o el principi dels temps, si més no sense consciència singular de res. Aquest espai de temps, infinit en termes humans, no va comptar amb mi perquè no estava, simplement no existia. Però sobre el passat no solen generar-se sensacions negatives, això únicament ocorre respecte d'un futur sense mi.

El record dels meus patètics plors de fa uns dies no m'havia connectat amb el temor existencial ni des de lluny, però apuntant-se a ell havia aprofundit en el meu pesar. Al capdavant va creuar una dona de mitjana edat, em vaig anar cap a la dreta per a no ensopegar amb ella en passar al seu costat, però vaig advertir la seva mirada i l'acceleració del seu pas. Era possible que la mateixa, com conductor per defecte primari anormal, no resistís anar davant de mi? Efectivament, amb un esforç i la seva mirada de reüll es va aproximar a la meva posició, un parell de metres per davant. Llavors vaig variar la meva adreça, reprenent ritme i ubicació, moment en què, naturalment, la dona va perdre interès en el seu destí i va continuar caminant en diagonal, al punt de gairebé xocar, com havia previst, de no ser perquè sobtadament vaig accelerar i la vaig avançar quatre passos per a col·locar-me un metre per davant d'ella, a la seva dreta, el que vaig imaginar li va re-trepitjar. Des d'un espectador innocent s'hauria presenciat un escenari gens còmic sinó ridícul.

Fa molts anys, quan treballava fora de Barcelona, en pujar amb presses unes escales de l'estació del tren, vaig intentar superar a una dona que ascendia lentament gairebé centrada per elles. En percebre el meu avanç, a la carrera en realitat, es va moure ostensiblement a la seva dreta al punt de projectar-me contra la paret, no sense assenyalar al mateix temps, i amb un cert punt d'indignació, que "s'avança per l'esquerra". Vaig respondre una cosa relacionada amb el fet que no estàvem en cap carretera al volant de cap vehicle, però la sorpresa del seu envit va diluir qualsevol agressivitat en contra seva, i en aquesta última ocasió em va anar totalment indiferent l'estúpida conducta de la transeünt impacient o com pugui descriure-la-hi. Em va resultar molt més rellevant, per irritant i inadmissible de debò, la jove que demanant pas en el vagó del metre es va endinsar amb una enorme maleta i un patí elèctric fins a l'espai reservat per als carrets de bebè, per la seva determinació en l'avanç va tirar d'allí a les dues persones que en peus però recolzades sobre una base lateral ondulada s'ocupaven a llegir un llibre i consultar el telèfon mòbil. Aquí es va allotjar còmodament ella, qui un parell de parades més endavant va observar com si res a una dona amb vel, d'uns quaranta anys com a mínim, que després d'accedir a la plataforma entre un remolí de gent, mostrava clares dificultats per a mantenir-se immòbil amb un carret de bebè amb usuari en el seu interior.

Sempre penso que, en aquesta mena de casos, la dona del vel va formar part de la mena de persones que haguessin d'exigir dels altres el compliment de les normes que els afavoreixen, com quan els ancians callen davant quatre joves que miren al sòl -o normalment als dispositius mòbils que els abdueixen sense remei- amb els seus quatre culs pegats en els seients reservats per a aquells i altres preferents. Com si res fora amb ells. Posant-me en peus per a sortir del vagó la vaig mirar fixament, i per dues vegades a l'etiqueta que a la seva esquerra marcava l'espai com reservat, precisament, per a carrets de bebè, no per a qui de fet si més no podia introduir en el metre maletes de gran grandària, almenys no en aquesta franja horària. Va mantenir la mirada i, és clar, no va voler donar-se per al□ludida. Si hagués pogut l'hauria colpejat amb ferotgia i hagués sentit un enorme plaer. De fet podia haver-ho fet, però m'haurien agafat. Hauria fet justícia i venjança al mateix temps. Les meves, naturalment, i la primera amb la desproporció que mai existeix amb la segona. Suposo que vaig ser més llest que covard. Potser podria haver-la seguit sense cridar l'atenció i trobar un espai i temps propicis per a destrossar-la a gust.

45.

Ja veia el portal de la meva casa, a menys de cent metres, i que estava a punt d'entrar una veïna. Era la de l'últim pis, casada amb un dels majors impresentables que recordo en una comunitat de propietaris.

El tipus, de baixa talla, estava gros. No gaire, el just per a mostrar-se físicament desagradable, en particular perquè la roba no li quedava bé, com a pressió per ser de quan estava prim. Sovint deixava d'afaitar-se per diversos dies, fins i tot retallant-se la barba grisenca, com si això fos anar a la moda, però quedava horrible sota les seves enrojolades galtes grassonetes. La seva constitució física li feia semblar replet, inflat en un cert grau, però quan es posava malles curtes i samarreta de licra per a sortir a córrer responia a la imatge d'un atapeït pot de pasta dentifrícia. La dona era ostensiblement més alta que ell, la qual cosa permetia distribuir el seu no insignificant pes sense semblar obesa. Carregava bastant maquillatge i probablement acudia en manera assídua a la perruqueria, i a la pedicura i manicura. Estaven ficats en diversos negocis, més ruïnosos que reeixits, amb un vehicle d'alta gamma en lísing i molts deutes després de comprar el pis de segona mà on ara vivien. La impressió que oferien era de triomf i superioritat, però resultava constant l'intent d'obtenir beneficis a costa de la comunitat, fins i tot per nimietats d'uns pocs euros, com la reparació d'un dispositiu del seu propi canal per cable. Amb tota la descaradura defensava el dentifrici errant que seria més car si s'espatllava més, com si llavors sorgís el deure comunitari d'abonar-li el que només a ell beneficiava. Aquí és on resideix el germen del meu desdeny cap a ells. Ocorre no obstant això que amb el pas del temps es dilueix la meva animadversió, per la qual cosa qualsevol pla de venjança elaborat en el moment de major pulsió en contra dels qui m'irriten desapareix sense gairebé deixar rastre. És la veritat que alguns romanen en el meu rancor, molt pocs i excepcionalment d'una manera sòlida i impertorbable, però aquest no era el cas. Malgrat tot, en veure que la veïna passava de llarg davant del portal, i a uns cinc metres girava a la seva dreta, per l'entrada que des del carrer connecta amb l'aparcament subterrani de la finca, va ressorgir la meva sempre latent indignació. Ni ella ni el seu marit tenien plaça en aquest soterrani, perquè l'associada al pis que van comprar estava situada en una estada separada, a peu de carrer. Em vaig preguntar en clau d'exigència què estaria fent o què pretenia. La clau de la porta del portal també obria la porta de l'accés per als vianants a l'aparcament, per la qual cosa la dona va penetrar impune, i jo vaig accelerar el pas guiat per malsana curiositat. I què va passar?

Els lapses de memòria són com pèrdues de la pròpia vida, una espècie d'amputació indolora de l'existència. Poden existir conseqüències bones o dolentes davant els trossos que haurien d'estar ordenats en la teva ment, però falten encara que es busquin amb afany, i les conseqüències sobrevenen igualment, amb major rellevància si cap, quan el tros apareix, sobretot si el fa sense previsió cap, de sobte. Ha de tractar-se de petits detalls o peces clau en el territori de la raó. En aquest últim cas la sorpresa és vital, com una gran puntada en el més profund. Sense compassió.

Estava enfront del mirall del bany principal, amb la mirada fixa en mi mateix i suant amb profusió. La respiració accelerada s'acompanyava d'un potent batec cardíac que inferia haver corregut i quedar sense bleix. Des d'on?

Si pogués alterar el meu record del passat, des del sempre perpetu present en el qual hem de viure, controlaria el futur?

A vegades afloren anècdotes viscudes, gaudides o sofertes quan era molt petit, que ja havia oblidat per complet. Sorgeixen suaus però imparables. És un tipus de lleugeresa molt característic, idèntic al qual, en sentit invers, quan arriba la nit, es llisca en el meu pensament: una idea que percebo a penes i noto com s'esvaeix sense remei, perdent el fil per molt d'esforç que posi a evitar-lo. Això ocorre quan el somni s'apodera de la vigília i el *sopor s'ensenyoreix de tot. Un instant de pocs segons durant el qual circularment persegueixo retenir una noció que es presenta com a important, interessant almenys, útil o no, una dada que no soc capaç de retenir mentre visc la seva pèrdua irremeiable, a punt d'escapar-se'm tota decisió i coherència. I dormo.

Amb aquesta sensació va sorgir el record de quan a penes complerts els sis anys, perquè era l'estiu immediatament anterior a cursar el primer curs de primària, em vaig enfrontar a la dolorosa realitat de l'experiència, on es destrossa l'ideal de voler és poder. No una lliçó de conformisme sinó de realisme.

En aquesta època vaig rebre la lliçó sobre el necessari que és reconèixer les situacions i els escenaris relacionals com el que són, però no va ser fins a molts anys després que vaig assumir veritablement el significat de tot encara que això. Quan el vaig aprendre. És freqüent que els individus no sàpiguen dels seus límits, que ignorin fins a on poden arribar, de quina manera són capaces d'esprémer la potència del jo. Amb tot, es conegui o no el propi límit, el mateix ha d'existir com a tal, objectivament, per la qual cosa la cerca hagués de residenciar-se a portar a efecte la possibilitat, amb tot avanç que el convenciment i l'esforç proporcionin. La noció del "voler és poder" resulta profitosa per a superar barreres irreals, producte de noses psicològiques o d'una altra índole. Però per molt que es pensi en el poder de la voluntat, la possibilitat seguirà emmarcada en un determinat límit més enllà del qual res serà viable. Per això el "poder és voler" resulta pragmàtic i adequat, però sempre que partim del propi coneixement de la potència individual, o en el seu cas col□lectiva. La pregunta consisteix en si hi ha alguna diferència a voler sense saber si es pot o a no saber fins a on es pot i aplicar-se per buscar el límit en funció de l'esforç sense fi. El perill és renunciar a “voler” i abraçar un “poder” molt per sota de les pròpies possibilitats, rebaixant d'aquesta forma els objectius que de principi poden pretendre's en manera conscient. Les expectatives reals.

També és incontestable que el meu context vital s'embolicava en una ignorància gairebé absoluta que, per definició, s'aproxima sovint a l'estupidesa. Ocorre que la falta d'autonomia dels petits no solen oferir-los capacitat d'acció o omissió, si més no rellevant per a afectar en alguna cosa als altres o a un mateix.

Sempre m'ha agradat dissenyar cases sobre el paper, molt rudimentàries quan era petit, a escala i elevant-les en maqueta de cartolina i cartó més endavant. Però al principi de tot em vaig il·lusionar amb la possibilitat de construir i vaig pensar a crear una cabanya en miniatura amb petites branques d'arbre. Vaig trigar molt a fer-me amb el material i tallar-les, i molt més a aconseguir pegar-les i que s'aguantessin unides. Vaig arribar a muntar l'estructura d'un sostre inclinat de dos aiguavessos, però em va esgotar. No sé on va acabar el que semblava una bàsica tenda de campanya. Però jo volia continuar creant, desitjava amb totes les meves forces ser un arquitecte quan fos major. Vaig abandonar la idea perquè era molt limitat en matemàtiques i vaig pensar que sense elles no podia calcular el necessari d'una construcció. Potser m'equivocava, però ho vaig intentar des del meu infantil pensament i per molt que volia no donava. De fet vaig suspendre mats el meu primer any d'institut, recuperant-la no sé com al setembre, i sempre em van ser molt difícils tots els exàmens que afrontava. Vaig triar lletres i no ciències per als meus últims dos anys previs a la universitat, no vaig creure que fos possible una altra opció. Pot ser que amb ajuda addicional hagués estat possible, mai ho sabré. Jo només era clar que no, per molt que volgués fer-ho, i vaig reafirmar el poder és voler que ja molt abans havia estat una realitat incontestable, fins i tot sense reconèixer la teoria subjacent que anys després vaig desenvolupar, a través d'una pilota de bàsquet.

Volia amb totes les meves forces una pilota de bàsquet Mikasa de franges blanques, vermelles i blaves; ja no les fan així. Botava de meravella, compacta i d'agradable tacte, i visualment superava la clàssica marró o ataronjada. La vaig demanar als meus pares i, malgrat les meves dificultats en mats, als deu anys tenia resultats bastant acceptables. El meu comportament era especialment bo, encara que no ho va ser per a obtenir la pilota sinó perquè sí. Feia molt poc que havia començat a cobrar una paga, de vint-i-cinc pessetes a la setmana, la qual cosa ara serien uns quinze cèntims d'euro, per la qual cosa hauria trigat diversos anys a comprar-me-la jo mateix. El mereixement estava assegurat, i el meu voler era incontestable. Van passar diversos mesos mantenint tal intensitat de tirada i una tarda, en arribar del col□legi, sobre la taula del menjador el meu pare havia col□locat un embolcall d'una cosa rodona i gran. A vessar d'il□lusió, vaig saber que me l'havia comprat. La vaig desembolicar davant la seva satisfacció, però no era una Mikasa, sinó una pilota d'una marca que no havia vist en la meva vida, amb lletres negres contra un fons taronja fosc. Semblava més gran que les normals i al tacte brandi, perquè estava totalment inflada però es notava un molt prim gruix en estrènyer-la amb les mans. En botar-la en el sòl de casa el va fer com una pilota de plàstic. Botava igual, gairebé sense pes propi, sobre la pista de ciment del col□legi. La pitjor pilota de *básquet del món. La vaig portar diverses vegades a la pista de ciment del col□legi però no m'agradava res jugar amb ella i la pobra va acabar arraconada. No tenia la culpa de res, però havia estat creada per un altre.

Al meu pare no li vaig dir més que gràcies i mil gràcies, sobretot a vista de la iniciativa a donar-me tal regal sense que fora ni el meu sant ni el meu aniversari ni res. Vaig mantenir, en fi, la seva satisfacció per veure'm (falsament) content amb el que tant volia. El voler no va ser poder fins a molt de temps després, quan me la vaig comprar jo, però a penes podent-la utilitzar, perquè ja havia acabat la primària i no anava a la pista de bàsquet del col□legi, que estava al costat de casa, sense disposar d'altres llocs per a practicar, almenys que fossin a prop. Encara la tinc, crec que es va trencar alguna cosa per dins i no es manté inflada. Jo no vaig ser el responsable. Ignoro per què però no l'he tirat a les escombraries. L'altra, el regal de papà, feia moltíssim temps que va desaparèixer; suposo s'espatllaria, o potser va seguir tal com estava en comprar-la, perquè gairebé no la vaig usar. En qualsevol cas ni tan sols record on va acabar.

Sí que recordo ara però no em vaig adonar llavors, que això de voler i poder va canviar radicalment per a mi, i que quan vaig acabar comprant la Mikasa que realment desitjava també vaig confirmar la falsedat d'una altra d'aquestes frases de motivació:

mai és tard. Ho va ser amb la meva desitjada Mikasa, sense cap lloc a dubtes. La volia no per a tenir-la sinó per a jugar amb ella en un lloc i uns moments que van durar diversos anys, després va perdre la seva raó de ser; recordi's el que hi ha un temps per a cada cosa del Eclesiastès.

46.

La rememoració de l'ocorregut en les escales del soterrani no apareixia. Les meves emocions estaven revolucionades, bàsicament al voltant d'una mescla de por i agressió, intuint com és lògic una causa primària de tot allò. Podia advertir una ràfega que corria el vel obstaculitzador del que va passar, la trobada de sobte, buscat, sí, i també la queixa estúpida. Després només ira, de zero a cent. L'explicació no existeix, no sé per què. Mai m'havia passat una cosa així, excepte de molt petit, malalt amb alta febre manejant-me entre tenebres durant dies que semblaven hores i minuts que identificava amb hores. Però va arribar un moment en el qual tot semblava estar a punt. Notava que a penes una petita empenta buidaria aquesta espècie de fràgil tap d'aire sobre la meva ment i, amb un tremend esforç, que va propiciar una freda suor en les meves temples, vaig anar recobrant-me. Al cap d'una estona em vaig adonar que a penes havia transcorregut mitja hora des que la vaig veure entrant en les escales exteriors del soterrani.

Era un context increïble. Estava tan exhaust que em vaig endormiscar mentre rondava la meva ment la figura del dimoni com el causant de la situació, una en la qual el mal per aquell representat em va guiar.

Els creients veuen totalment lògica la lluita entre el bé i el mal, la llum i la foscor, trobant-se en aquesta el Diable, la primera llum del dia en la qual va néixer en solitud per decisió de Déu i va acabar com l'àngel caigut en perdre la seva lluita i el paradís, en el fons la disponibilitat de presència, de contacte directe amb el Senyor. En primer lloc, sempre m'ha semblat totalment ridícul que un àngel capitanegés una rebel·lió contra un ser omnipotent i omniscient. Deixant a un costat que en la dimensió celestial no hi hagi temps i que per tant la suposada història lineal -rebel·lar-se i perdre- es planteja com un impossible fàctic, esdevé totalment inviable que un àngel o molts pogués vèncer a Déu. De fet és rar que Aquest enviés a l'arcàngel Miguel per a dirigir la reacció defensiva contra la revolta, perquè en el llenguatge propi d'una vida amb temps hauria bastat un instant de poder diví directe per a suprimir la problemàtica, fins i tot per a dominar la voluntat del seu àngel o àngels rebels, o si es prefereix, per a corregir o convèncer en contra de la seva rebel·lia, sense comptar que podria haver-se anticipat a tot. De la mateixa manera manca de sentit que l'àngel caigut es transformés en l'assot contra l'ésser humà, al cap la raó d'enveja que tot el va dinamitar, sent la força motriu de la temptació, des de la serp amb Adán i Eva, i al qual s'atribueix com a triomf la inclinació cap al mal en el lliure albir de l'humà. Aquesta influència del maligne que a vegades ens justifica, despreocupats de l'acte-inculpació. Un sense sentit de principi a fi. Potser una teatralització orquestrada per l'altíssim perquè comprenguéssim la lluita, els riscos de rebel·lar-se, i tot dirigit a la creació d'una font del mal que temptés en el camí ample de facilitat a l'ésser humà que només serà bo caminant per l'estret i pedregós. De nou la lògica del sofrir i acceptar la penitent vida terrenal per a aconseguir una salvació en els cels.

També podria pensar-se que existeix un ésser suprem, la representació del mal, però incapaç d'afectar-nos directament, si més no d'encarnar-se en el nostre món com una cosa tangible, sinó funcional només a manera de influencer del mal, a saber per què. I que va ser primer, i real, com ho va ser la foscor abans de la llum, i que enfront d'aquesta existència veraç la ment humana crec a un altre ésser, irreal, Déu, generant-se la lluita entre l'un i l'un altre que es limita a l'ideari humà. Com dic, de ser cert perdria tot sentit perquè, en la teoria, la descompensació de forces seria més que evident. Clar que la lògica humana no dona per a més i escapen a la mateixa infinites consideracions sobre qualsevol qüestió que pugui plantejar-se o si més no calgui imaginar-la sota els nostres límits racionals. Pogués ser que Déu no és com ho pensem, que és una existència limitada i, així, proporcionada amb la del Dimoni. En cas contrari seria impossible explicar per què Ell no suprimeix el costat fosc que aguaita, alliberant autènticament el lliure albir, perquè difícil resultar comprendre a l'home lliure si ve afectat per aquesta força maligna i molt superior de la temptació, una autèntica coacció latent. O simplement pensar que el Bé, sota l'ala divina omnipotent i omniscient, resultaria impossible per al fracàs o la pèrdua.

De nou acudeix a la meva ment el retorn, aquest cíclic plantejament filosòfic de l'eternitat circular. La vida religiosa es vincula com a plantejament metafísic, però traduït com a accions concretes per a la vida quotidiana. Ens movem cap endarrere, no cap endavant, retornem a l'origen, l'origen és la fi, mentre que en clau més prosaica busquem eliminar de la nostra ansietat existencial el resultat de mort, el després, dissoldre la por de morir.

El cristianisme i la globalització propicien deixar el diferent per a convergir en una idea que uneixi. El “ni” de Sant Pau i el seu universalisme mostren el més enllà de nosaltres explicat per les diferències entre els uns i els altres, a partir del som iguals. El que hi ha per sota és la resta i en tal sentit aquest itinerari intel□lectual de Sant Pau està sent acollit ara per autors com Zizek, Badieu o Agamben.

La unicitat de Déu com a dispositiu es trasllada a la veritat única i absoluta, però la construcció de societats sense la presència d'aquesta metafísica de la veritat és encara quimera, per molt que se superés en el món modern que Déu ho travessés tot. Les majors violències provenen del monoteisme, sigui judaisme, cristianisme o islamisme. En el paràgraf 108 de la Gaia Ciència de Nietzsche, que refereix a la mort de Déu, el post-religiós, el descentrament de la religió institucional tradicional i les noves aproximacions sense crear dogmes institucionals que es desprenen de la veritat absoluta, o Déu, l'estructura en la qual la noció divina monoteista va quallar, no és més que un centre ordenador de la vida. I de la mort.

Des d'un punt de vista sociològic i fins i tot històric totes les religions es recolzen en una promesa que no serà complerta. O dit d'una altra manera, que només funciona en tant promesa, comptant que mai vagi a produir-se. El Messies no pot arribar mai perquè, si ho fes, tot quedaria desbaratat. A més importa advertir que l'actual política, com tota política moderna, és una solapada estructura religiosa; són les concepcions religioses traduïdes al poder que subjeu en la política del nostre present. I finalment, no hi ha dubte que en el moment actual la Humanitat ha aconseguit la major cota d'evolució tecnològica, encara que no sigui la possible donades les nostres capacitats. Amb tot, en aquest minut existeix més fonamentalisme que mai, en totes les religions monoteistes. Potser el buit de sentit i l'odi conseqüent força la cerca espiritual, implicant una funcionalitat endogàmica en aquesta recerca de la veritat total, a pretendre una certesa, una seguretat absoluta en el món en què es viu, dels qui s'alimenten amb la confrontació amb la resta del món, perquè creuen en la "veritat".

L'apèndix educatiu es troba en la recuperació dels textos sagrats que no fa molt temps eren proscrits en ciència i particularment en filosofia. Una espècie de reconciliació que depèn de la interpretació, perquè el text són lletres, paraules i frases, tant instruments per a la dogmàtica com per a l'emancipació.

47.

Obro els ulls. Tot està fosc al meu voltant. Es va orinar damunt mentre l'escanyava, i em va sorprendre percebre una desagradable aroma melosa. Però d'aquest record a penes vaig ser conscient en el moment en què les meves dues mans estrenyien el seu coll. Es va incorporar a la meva consciència una mica després, quan pujava els graons cap al carrer sense tot just notar els músculs de les cames, replets d'oxigen. Ara soc capaç de repassar el record, així com el record de l'excitació primària quan segons abans de fer-lo vaig prendre la decisió final, rememorant també el tros en la memòria sobre la meva sensació vital en estar fent-ho.

Sempre m'apartava d'ella, una gran mentidera, perquè la considerava un perill, i perquè la detestava com a persona. Algú que esmenti sense la menor objecció, com un ressort natural, en qualsevol moment pot generar una narrativa falsa que em perjudiqui personalment. Una vegada vaig accedir al portal amb un carro de la compra a vessar. Amb dificultat vaig obrir la porta quan ella apareixia sortint de l'ascensor, i malgrat l'estretor del pas, ocupant la major part de l'espai el meu cos i el carro que arrossegava, va decidir passar per la meva esquerra al punt que jo avançava. En fer-lo, portant jo el carro amb una sola mà, l'esquerra, i continuar aguantant la pesada porta del portal amb l'altra, en un segon es va produir un lleu desviament del carro, la qual cosa ella va interpretar com un intent de colpejar les seves cames o si més no espantar-la amb el gest, res més lluny de la realitat. Es va posar com a boja davant la meva absoluta sorpresa. Temps més tard, la dona sortia del portal i em vaig retirar ostensiblement per a evitar qualsevol contacte; vaig caminar diversos metres cap a fora perquè sortís en la distància. Ella es va mantenir amb la porta oberta, perquè jo passés, insistint-me que no fos "ximple", afegint amb desimboltura i insolència que no em comportés "com un nen". Em vaig apartar de la seva mirada i a la fi va sortir, permetent-me entrar pel meu compte. A saber el que hagués pogut mentir si hagués passat al seu costat. Davant aquest cúmul d'experiències en el meu haver no em va explicar per què vaig accelerar el pas per a introduir-me per on ella l'havia fet i no li corresponia. Estava decidit a encarar-me i exigir-li explicacions, però en el fons una maniobra d'aquest tipus no tenia cap sentit. Que jo sabés si més no coneixia el meu vehicle, per la qual cosa seguir-la a fi d'anar a protegir-ho de possibles perversitats danyoses no estava en la meva ment. Quan vaig obrir la porta exterior vaig sentir un soroll raspós que vaig identificar amb una mà que busca en la paret l'interruptor de la llum, un pis per sota, al qual em vaig aproximar sense problemes per la il□luminació diürna que gairebé aconseguia la seva posició. Ella va detenir la seva cerca per a girar-se cap al soroll dels meus passos per a deixar anar immediatament i amb menyspreu: “el que em faltava”. “Quins feixos aquí?” va ser la meva reacció verbal, però per dins era un volcà que començava la seva erupció més vigorosa. Amb un sobreactuat menyspreu addicional em va contestar amb una altra pregunta, “i a tu què t'importa?”, mantenint la seva mirada contra la meva, ja enfrontades totes dues al mateix nivell, ella altiva, provocant amb el seu perfil de pinxo.

Si s'analitza a una persona en concret és possible que trobem amabilitat, honestedat o bondat, les tres virtuts al mateix temps o més encara. Resulta probable, en canvi, que es tracti de persones que només a vegades es manegin de tal manera; potser era el cas de la meva víctima, si més no respecte dels seus éssers més estimats. Aquesta dualitat no la col·locava en el balanç positiu, si més no quan el negatiu operés per mera omissió, per no impedir el mal que s'adverteix en entorn. En tot cas, el resultat és negatiu per golejada si observem en conjunt a l'espècie humana; fa més de tres dècades que es va eliminar en la perspectiva biològica i genètica el terme taxonòmic “raça”, que continua usant-se alegrement en clau popular, amb un ancoratge de mera interpretació social. Hi ha hagut avanços en la ciència i l'art i actes d'amor que molt sovint van perjudicar més que van beneficiar, però la Humanitat ha avançat sense autèntic desenvolupament, no per l'irreprotxable conflicte com a peça natural de l'evolució sinó a base de la més pura violència.

La cobdícia, l'ambició insana, l'avarícia, l'egoisme i el mirar per un mateix, fins i tot quan es pensa que no és així, sota l'autoengany més subtil o el més bast, regnen des de sempre darrere del poder.

Clar que el poder com a mitjà es defineix pel que cerca, per exemple el bé comú, i que seria digui's que bo si no caigués en la idea que el fi justifica els mitjans o coses així, o dolent si es persegueix aconseguir o conservar el poder per a fer-se ric a costa dels altres. M'interessa més el poder que busca el poder pel poder i per al poder. Quan no és un mitjà conforma una espècie de droga, la més addicta que pugui imaginar-se, i la més nociva que hagi existit, perquè no pot explicar-se sense els altres, sotmesos, doblegats, a la seva mercè.

El poder d'un subjecte aïllat no és poder cap, no és res sense els altres, es tracta d'una noció social, pel relacional, i psicològica, pel singular del qual l'atresora. I encara que pugui pensar-se en la possibilitat del poder compartit, grupal, és aquest en el fons una il□lusió, una manera de compartir l'anhelat, sentint-se acollit, no és l'autèntic domini, que es defineix sobre el que està fora, a no confondre amb les nocions de l'autocontrol sobre un mateix i altres consideracions més pròpies de la meditació i el just coneixement del propi ésser.

48.

Portava guants i un gruixut abric llarg. Les meves mans es van desplaçar soles fins al seu coll. Tal ímpetu vaig imprimir que vaig colpejar la part posterior del seu cap contra la paret de formigó. El cop la va deixar una mica encantada, per la qual cosa va trigar uns instants a portar les seves mans als meus braços, totalment estesos, impedint àmpliament que pogués si més no fregar-me la cara. Al poc va llançar una puntada cap endavant, però quan vaig baixar els últims graons, per sortejar la seva barana corba, el meu cos havia quedat decantat, per la qual cosa va impactar a la meva cama dreta, a més lleument, en comptes de fer-ho cap al seu genital objectiu. Em vaig recol□locar encara més de costat, en previsió d'altres envits, i mentre s'accelerava el meu ritme cardíac i cada vegada respirava més com quan acabes una carrera al esprint, donava la sensació que el meu cervell s'impregnava d'una substància especialment plaent, màgica, rebent tot el meu cos una espècie de formigueig en continuar estrenyent el coll alliè. Ella no podia ni cridar, vaig notar un petit cruixit mentre els seus ulls expressaven una autèntica perplexitat més que por. Els seus braços es retorçaven sobre els meus sense cap efecte, llançava puntades que a penes notava i a poc a poc, sense aire en els seus pulmons, les seves forces van anar cedint mentre les meves sensacions es torbaven. Vaig arribar a pensar que anava a desmaiar-me, com quan el pesat somni aguaita en una confortable posició, sentint una melòdica veu estrangera.

Les meves cames van flaquejar a causa d'aquest plaer i gairebé caic a terra, però els seus ulls mostraven, immòbils, la seva definitiva fi, i vaig poder lliurar-me a l'èxtasi més absolut que mai he sentit. Queia de genolls al mateix temps que el seu cos es lliscava verticalment sobre la paret de formigó i quedava asseguda sobre el taló del seu peu dret, amb la cama esquerra per complet estesa. Els meus braços seguien en paral□lel, rígids, sobre el seu coll les meves mans. Les extremitats superiors semblaven separades de la resta del cos, que s'havia transformat en una pasterada sense cap energia. Llavors es van doblegar els meus braços i vaig vèncer el meu tronc cap endavant gairebé fregant el rostre de la meva víctima, inundant-me de la fragància penetrant del seu perfum i del seu maquillatge, la qual cosa gradualment va fer que recobrés els meus sentits, separés les meves mans enguantades del seu coll trencat i m'assegués contra la barana de l'escala a la meva esquena deixant que el seu cos acabés de caure cap a la seva esquerra, lentament, fins que el seu cap va acariciar amb suavitat el sòl de ciment i després va girar sobre si mateixa ocultant una mirada sense vida els voluminosos cabells tenyits de castanyer obtinguts de la seva última visita a la perruquera.

El llenguatge sempre ha estat manipulador, i com qualsevol altre dispositiu ordena la vida. La paraula el fa, particularment, sota el principi de contradicció, perquè sempre hagués de significar el mateix a fi d'evitar un efecte Babel, és a dir, perquè sempre puguem comprendre-ho tot: res pot ser o no ser al mateix temps. Les coses són o les coses no són, no existeix una tercera alternativa. Potser el temps s'aparti d'aquest paradigma i enllaç amb tot allò que caracteritza l'alteritat. En criteri heideggerià esdevé, segons Aristòtil serveix per a mesurar el moviment com a mesura del canvi, mentre que les paraules detenen la realitat, per a alguns l'estabilitzen, per a uns altres l'encotillen. Pot haver-hi comunicació amb la mirada, amb el gest, amb el tacte, però la nostra evolució ens ha portat a la paraula com a element fonamental de la nostra relació humana.

49.

En començar a pensar, a casa, sobre la meva veïna feta un parrac entre braços i cames en el racó, vaig decidir baixar una bossa de plàstic negre reforçada, enorme, i la vaig ficar dins, acomodant-la més adequadament en la penombra del racó. Ja era només un embalum, un cos sense vida. Això de "ella" havia acabat. Procedia potser la seva despersonalització, utilitzant en el seu lloc el neutre que defineix les coses inanimades. Vaig utilitzar amoníac que tenia a casa per a netejar al voltant del seu coll i a les seves mans, encara que els seus curts braços no van arribar ni a fregar-me. Consideraré treure-la d'allí, però per la porta interna podria ser vist igual que per la del carrer, a plena llum del dia. Potser a l'abric de la nit.

Aquesta espècie d'amnèsia va activar una intensa però fugaç preocupació que va confrontar amb un pensament boig. Havia perdut la xaveta per complet i tot havia estat producte de la imaginació que creix i creix en solitud. I llavors, sense més, va aflorar un somni que vaig tenir no fa molt, tan clar com si en aquest mateix moment el visqués. Em trobava en una casa, millor dir un pis gran, d'enormes espais, anant fins a un bany allargat en el qual canviava la pica de rentar-se les mans, rectangular, de gairebé un metre de longitud, que no obstant això havia col□locat a l'inrevés i sense coincidència amb la sortida de l'aigua abocada. Tot resultava molt confús. Tornava a col□locar la pica per a evitar que s'escampés l'aigua, netejant la poca ja caiguda, i abandonant el lloc cap a l'exterior. Apareixia successivament la imatge d'un jovenet de cabells negres i llargs, que em mirava atent des d'una finestra o terrassa, i llavors va aparèixer ella. Es tractava d'una noia menuda però voluptuosa, *fornida, de músculs densos. No sé de quina ètnia provenia la seva família, era de la meva mateixa nacionalitat, el seu rostre no era significativament negra encara que sí bruna. El pèl molt curt, com un noi, i d'aquest tipus característic que si creix queda enorme. Tenia uns grans ulls, càlids i profunds, i una cara bastant arrodonida. Estàvem asseguts junts, vaig mirar cap amunt i en una venda d'un petit balcó el nen adolescent del llarg pèl fosc va aparèixer de nou. Llavors vaig centrar la meva vista en la mirada de la noia mentre ella em parlava. Hi havia una història prèvia, ens coneixíem des de feia temps, dels estudis, i em va esmentar en un cert to crític, però afable, que jo era una espècie de don Juan, que em sabia atractiu per a les noies i que ho utilitzava sense fer-los cas. Jo em vaig sorprendre, perquè no era cert des del meu punt de vista, encara que vaig acceptar que una certa imatge d'aquesta índole podia ser apreciada pels altres, mentre que sabia perfectament, com ella també, que sempre havia estat al punt de mira, en el seu afecte, en el seu desig, però sense cap indici d'atreviment per considerar-me inassolible per a ella. Li vaig preguntar sobre algun exemple del que deia, i em va esmentar una noia amb gran cabellera, de cabells bruns arrissats, a la qual va anomenar Rínxols, com si fos el seu cognom. Li vaig dir que estava equivocada, que malgrat creure que havia estat una relació sentimental i sexual mai va anar així. Em va observar i em va creure. Era veritat. Llavors em vaig recolzar una mica cap endarrere, amb el meu braç esquerre després de la seva esquena, sense arribar a tocar-la. La vaig mirar en silenci, directament als ulls, i en la meva ment vaig pensar com si li digués que endavant, com si li obrís la porta del fes-ho ja. Estava gairebé al nivell de la seva boca, a penes mig pam per sota. Ni un segon i ella es va aproximar amb decisió i va unir els seus llavis als meus. Jo vaig respondre entreobrint la meva boca i la noia va introduir la seva llengua amb fruïció. Es desbordava un desig sincer molt de temps contingut, i gaudim d'un petó humit i llarg, excitant per als dos.

En acabar aquest contacte tan íntim i plaent em vaig sentir agraït de gaudir la seva lleialtat, la seva amistat, el seu amor. Em resultava indubtable que els posseïa d'una forma legítima, sòlida, infranquejable, i ella, per descomptat, ho sabia, igual que estava completament segura que jo li seria lleial, i un amant lliurat. Record que en aquest somni va durar una mica més la sensació de satisfacció total, cara a cara. Vaig acabar despertant, somiosa encara, i d'alguna manera vaig guiar una miqueta més aquest fantàstic somni, aconseguint dormir de nou, amb ella al meu costat, gaudint d'una relació plena, amb actes sexuals explícits i enormement plaents. Hi havia una certa nota de submissió per part de la noia rere iniciativa meva, però aquesta acabava naixent del que ella desitjava que féssim. Aquest dia no treballava, en el somni, i em vaig mantenir en el llit, ja despertant, rememorant les sensacions i la imatge d'aquesta noia, però també imaginant la relació completa amb ella, la seva evolució positiva, reeixida. Feliç.

Potser era perquè quan vaig tenir aquest somni el vaig esprémer al màxim que després vaig poder recordar-lo d'una manera tan exacta, sobretot en el detall de les emocions i sensacions. Ignoro no obstant això el motiu de rememorar-lo. Vaig sentir una profunda nostàlgia, un tremend impuls per bussejar en la vida de vigília i donar amb ella, per molt que va resultar ser algú que mai vaig conèixer despert, ni a ningú que se li semblés en la vida real. I tampoc he sabut mai quin era el seu nom en els meus somnis, per la qual cosa ni disposava d'una paraula per a repetir-la en el meu cor a fi de sentir-me més prop d'ella. Els noms són eines molt útils per a evocar i per a limitar, per a comunicar i per a simplificar. Veure's privat d'un nom pot ser tan frustrant com pertorbador. Falta com una espècie d'agafador que ens ofereix seguretat, una espècie de protecció a la manera d'enllaç amb una cosa veritable. Encara que en el cas d'aquest somni sé molt bé que, amb nom o sense ell, no es tracta d'una persona real. Suposo que solament podré trobar-la en els meus somnis, encara que això encara no ha ocorregut.

50.

Vaig imaginar una venjança estesa als seus familiars, pel no saber on es trobava, per a després sucumbir a la troballa del cadàver. Vaig pensar en una mutilació post morten per a despistar, però una sagnia d'aquesta índole no em venia de gust gens ni mica i només hauria resultat font de possibles pistes físiques en contra meva.

Deixant a un costat que a vegades perdonar funciona com una arma contra el perdonat, una manera de venjar-nos d'ell, i que el major benefici és per a qui perdona, venjança i perdó constitueixen una alternativa o, amb molt, acumulació successiva, i en totes dues opcions es precisa d'un subjecte individual. És imprescindible que la víctima existeixi per a demanar perdó o obtenir-ho, només d'ella és possible. Res val això de perdonar-se a si mateix i complaences similars. Sense víctima serà un imperdonable. I per a venjar-se cal comptar amb el culpable. Clar que la venjança pot desplegar-se sobre els sers estimats o els béns preuats, però sense coneixement d'aquell no es tractaria de venjança autèntica, simplement una manera de satisfacció novament intrínsec, propi de qui ja no podrà dirigir la seva ràbia contra el causant últim de l'odi i del dolor. Pot ser que quan perdonem a algú ens perdonem una mica a nosaltres mateixos, o que quan vinguem alguna cosa danyem també la nostra pròpia vida, perquè venjar no és ajustar la balança de la justícia, per molt que durant segles va formar part del Dret, no en va la llei del talió, l'ull o per ull, va marcar un abans i un després en la retribució penal, en tant va suposar, ni més ni menys, que la introducció de la proporcionalitat en el sistema de penes. De fet, si la venjança no resulta desproporcionada no és tan dolenta, abans bé funciona com la justícia que proporciona un càstig i es defineix en l'àmbit positiu, del bo i del bé. A més, tampoc falten estudis psicològics que demostren de quina manera qui vol venjar-se i no pot aconseguir aquest objectiu acaba malalt per la seva frustració d'expectatives, la qual cosa condueix a una conclusió evident: la venjança forma part de la condició humana i negar-la és negar la realitat natural de l'ésser humà. Cal alliberar el rancor que ens va produir el mal i després, si es vol, perdonar al causant, alguna cosa que en sentit propi només procediria si així ho demanés, i si segueix amb vida. Froom va escriure que l'escassetat psíquica del grup primitiu i el seu elevat narcisisme fomenten la lògica de la venjança, però d'alguna manera el primitiu connecta amb trets essencials de l'ésser. En tot cas, venjar-se no és només propi de la naturalesa dels homes i de les dones, sinó que per al seu benestar s'antulla útil i, per això mateix, saludable. Pensi's que en venjar-se de veritat pogués eliminar-se aquest odi, aquesta ràbia, aquest ressentiment que presideix l'acció del venjador, i no s'oblidi que aquests tres aspectes són factors de risc en el desenvolupament de problemes cardiovasculars.

51.

Les institucions religioses acaben convertint-se en el pitjor enemic de la fe. La creença irracional de l'ésser humà, nascuda de la desesperació davant el límit, és una eina, un instrument de la religió, de la mateixa manera que la raó és l'utensili de la ciència. Amb la raó arribem als límits del coneixement científic, més enllà dels quals únicament la fe pot suportar el pensament humà, i quan qualsevol església, aquesta sort de religió institucionalitzada, pretén oferir respostes a l'altre costat de les fronteres científicament conegudes, es traeix a si mateixa perquè l'inexplicable constitueix la naturalesa intrínseca del sentir religiós, l'inescrutable, on la fe ofereix resposta sense contestació, precisament perquè no la necessita. Millor dir, una pregunta per si mateixa autosuficient. Déu és la pregunta que no pot ser contestada. És la noció que se situa més enllà dels nostres límits, els que aconseguim amb l'instrument de la raó que construeix la ciència humana. L'espai religiós emplaçat en l'absurd, en l'inintel□ligible, en allò que no pot ser explicat, perquè la fe no és instrument de coneixement, ni d'explicació, només un vehicle per al creient.

Quan les normes d'una institució religiosa, a través dels seus dogmes i exigències, ofereixen la resposta del més enllà, traeixen a Déu, s'enfilen al mur del coneixement racional i pretenen mirar a l'altre costat, més enllà, sense adonar-se que així, encara que falsament, avancen aquest límit a l'horitzó de la pròpia mirada des de l'alt del mur. No fan més que establir un altre límit. Amb molt pretenen suprimir qualsevol frontera, destruint d'aquesta manera la lògica de tot allò que es mostra com a racional, intrínsec a la finitud de l'ésser humà. Tant en l'abans com en el després de la mort que ens desespera, convertint la fe en una resposta de coneixement. Però és que aquest conèixer només pot provenir de la raó, mai autèntic instrument de la religió sinó de la ciència.

52.

Aquí estaven. Van arribar després de diversos dies d'estar fos. Em trobava a la terrassa de casa quan el taxi es va detenir, un monovolum de set places, com el nostre cotxe. La meva esposa pagava al conductor en el seient del copilot mentre el meu fill major, a punt de complir els divuit anys, obria la porta lateral dreta corredissa, descendint el primer de tots. Després va baixar la petita, de quatre anys, portant-la de la mà el seu germà i número dos, de quinze anys, i al mateix temps que mamà trepitjava la vorera ho feien la meva altra filla, de gairebé tretze anys, i el seu germà petit, de deu acabats de complir. Mai em vaig negar a tenir fills, m'agraden, som una família molt unida i s'ho passen molt bé amb mi, tots.

Soc divertit i interessant per a ells, un punt de referència versàtil, forta i segur, el percebo. Els vull, i a la seva mare més que a res. És la dona perfecta, encara que ella no ho veu així perquè la seva autoestima es troba en hores baixes, alguna cosa que resulta incomprensible per a mi. Ella va ser la que va decidir tenir al tercer planço i següents, davant el que cap objecció vaig manifestar, sincerament. No obstant això el quart i la cinquena em van sorprendre, més per l'edat de la mare, quaranta-quatre anys per a la darrera.

Demà començarà una setmana laboral normal, tornaré al treball de magistrat en una gran ciutat i de catedràtic en la millor Universitat del país.

La bossa d'escombraries gegants, de color negre, seguia en un fosc racó de les escales laterals que conduïen del carrer al soterrani. No trigaria molt a ser descoberta, algú s'adonaria abans que la seva descomposició comencés a empestar, abans que el seu marit o els seus fills la busquessin amb èxit. Encara que ja no és ella sinó una cosa, el cadàver, les restes mortals, millor dir ja morts.

Serà una trobada casual, d'un veí innocent que avisarà immediatament a la Policia.

Potser el faig jo mateix. Però ara pensava en aquesta nit, quan m'acomodaria sota els llençols i la manta al costat del càlid cos de la meva afable esposa. No m'agrada despertar només, però molt menys anar-me al llit sense ella. En aquesta situació podria gaudir completament del plaer de quedar-me inconscient. Adormit. Accedir a un món del nores, sense preocupacions, excepte potser pel somni. O ara estic somiant i aquesta nit despertaré?

www.ingramcontent.com/pod-product-compliance
Lightning Source LLC
LaVergne TN
LVHW050547160826
845677LV00011B/2209

* 9 7 9 8 4 4 1 2 4 5 6 2 3 *